田坂憲二

源氏物語と平安時代文学

第二部・第三部編

いずみブックレット8

和泉書院

目次

第三部

はじめに

本書は、かつて慶應義塾大学の通信教育部のテキストとして作成した『国文学古典研究Ⅲ　―源氏物語と平安時代文学―』（慶應義塾大学出版会、二〇一七年初版、一九年二刷）の続編として書かれたものである。同書は、単位数の関係もあって『源氏物語』の第一部のみを対象としたものであった。ところが、通信教育課程のみならず、学部の日本文学・国文学専攻課程などでもテキストとして使用した際に、第二部以降の続編を求める声が多かったので、それに対応すべく刊行するものである。続編である本書は様々な教育現場でテキストとして使用しやすいように、市販の形式を採用した。それに応じて書名を多少変更した。通信教育課程に対応する「国文学古典研究Ⅲ」のタイトルを省略し、副題を主題に改め、かつ内容が分かるように、『源氏物語と平安時代文学　第二部・第三部編』とした。以下、本書の趣旨を述べる。

本書を作成した目的は、大きく以下の二点である。

まず第一に、平安時代文学という時代的枠組みに留まらず、日本文学全般を代表する作品である『源氏物語』の理解を深めるということを目的とする。具体的には、『源氏物語』の重要な巻、代表的な箇所を味読・通読することによって、世界文学にも類を見ない優れたこの作品の全体像を把握することを目指している。

『源氏物語』は、平安時代の半ば頃、紫式部《むらさきしきぶ》によって書かれた全五十四巻、約七十五年間にわたる大長編物語である。今日ではこれを、内容的な切れ目から、第一巻桐壺《きりつぼ》巻から第三十三巻藤裏葉《ふじのうらは》巻までを第一部、第三十四巻若菜上《わかなのじょう》巻から第四十一巻　幻《まぼろし》巻までを第二部、第四十二巻　匂宮《におうのみや》巻から第五十四巻夢浮橋《ゆめのうきはし》巻を第三部と、三つに分けて理解するのが最も一般的である。第一部は光源氏《ひかるげんじ》の誕生から准太上天皇《じゅんだいじょうてんのう》になるまでの約四十年の物語、第二部は光源氏の晩年の十数年の物語、第三部は光源氏没後の物語である。本書は、このうち、分量的に物語の後ろ半分を占める、第二部、第三部を正確に理解することを意図したものである。

そのために、『源氏物語』第二部第三部から、物語の流れを理解するために不可欠な二十箇所を選び、その原文を掲出する。それらの部分を読むことで、『源氏物語』の様々な面白さを味わうと共に、作品の全体像を俯瞰することが出来る。

原文の掲出に続けて、「物語の流れ」という項目を設ける。ここでは、掲出場面の解説を中心に、当該箇所の意義、物語の前後の説明、作品構造の把握、などについて説明する。原文を味読して『源氏物語』の作品世界に触れ、かつ補助的説明によって『源氏物語』の通時的理解に供するものである。

本書の第二の目的としては、『源氏物語』以外の平安時代の文学作品についても、十分な知識を得て、それらの作品世界を感得することである。一つの国の文学や、一つの時代の文学を過不足なく理解するためには、どのようにすぐれた作品であっても代表一作品だけでは不十分である。そこで平安時代の様々な分野の文学作品を取り上げて鳥瞰する。ただし、カタログ的に時代順やジャンル別の紹介では面白味に欠けるので、『源氏物語』を通読しながら他の文学作品に自然に入っていける形を取った。

具体的には、『源氏物語』の原文一箇所に対して、関連のある文学作品や歌人たちを取り上げ、対応する作品本文を掲出する方式を採った。その際、特定の形式に偏らないように、『源氏物語』に引用されている先行作品、逆に『源氏物語』を引用する後続作品、『源氏物語』の当該箇所と類似する場面を有する作品、部分的・局所的なつながりを有する作品、全体的・主題的なつながりを有する作品など、多種多様な幅広い観点によって、『源氏物語』から、自然に他の平安時代文学に入っていくことに意を用いた。

取り上げた作品については「文学史への展開」という項目を設けて、それらが『源氏物語』とどのように関わるかについて説明を行った。『源氏物語』はすぐれた文学作品であるが、孤立しているのではなく、前代、同時代、後代の文学と共鳴しながら存在するものである。このように考えることによって、『源氏物語』の理解も一層深まると思われる。また『源氏物語』を中心とした文学史という視点も確立することができよう。

最後に、形式的なことを述べる。本書は、前書『国文学古典研究Ⅲ ―源氏物語と平安時代文学―』と併読されることも少なからず予想できるので、全体を二〇の単元にわけること（今回は番外編が一つ加わる）、一つの単元が見開きで四ページに収まることなど、できるだけ形式を合わせた。関連して取り上げる文学作品は、前書とできるだけ重複しないように意を用いた。紙幅の関係で前書では割愛した『大和物語《やまとものがたり》』『和泉式部日記《いずみしきぶにっき》』『後撰和歌集《ごせんわかしゅう》』『拾遺和歌集《しゅういわかしゅう》』『和漢朗詠集《わかんろうえいしゅう》』『堤中納言物語《つつみちゅうなごんものがたり》』『浜松中納言物語《はままつちゅうなごんものがたり》』などを優先的に取り上げた。

『源氏物語』の本文は、架蔵写本（奥書ナシ、近世前期写）を用い、濁点、句読点、会話文のカギ括弧などを補い、適宜改行した。また、仮名遣いの誤りを正し、読みやすさを考えひらがなを漢字に改めた箇所がある。近世前期の写本であるので、基本的に三条西家本系統の本文であるが、なかでも肖柏本に近い。また一部に保坂本に近接する巻もある。大島本一辺倒の現代、宇治十帖の夕霧の官職を左大臣とするテキストで読むことも意義があると思われる。

他の文学作品の引用については以下のものを用いた。『伊勢物語《いせものがたり》』『落窪物語《おちくぼものがたり》』『堤中納言物語』『狭衣物語《さごろもものがたり》』『大鏡《おおかがみ》』『竹《たけ》取物語《とりものがたり》』『うつほ物語』『和漢朗詠集』『和泉式部日記』『大和物語』『浜松中納言物語』『枕草子《まくらのそうし》』（掲載順）は、小学館『新編日本古典文学全集』に拠った。和歌文学作品『古今和歌集《こきんわかしゅう》』『後撰和歌集』『遍昭集《へんじょうしゅう》』『新古今和歌集《しんこきんわかしゅう》』『長秋詠藻《ちょうしゅうえいそう》』『伊勢集《いせしゅう》』『拾遺和歌集』『小町集《こまちしゅう》』（掲載順）は、角川書店『新編国歌大観』に拠った。漢文作品である『蒙求《もうぎゅう》』と『長恨歌《ちょうごんか》』は、角川書店『鑑賞中国の古典』の書き下し文に拠ったが、表記は旧仮名遣いに改めた。『和漢朗詠集』の漢詩の摘句も書き下し文に拠った。漢詩・漢文を書き下し文にしたのは、前書に倣ったのである。

一　若菜上巻（一）と『伊勢物語』『古今和歌集』

◎若菜上巻（一）　女三宮の登場

朱雀院の帝、ありし御幸の後、そのころほひより、例ならずなやみわたらせたまふ。もとよりあつしくおはしますうちに、このたびはもの心細く思しめされて、「年ごろ行ひの本意深きを、后宮のおはしましつるほどは、よろづ憚りきこえさせたまひて、今まで思しとどこほりつるを、なほその方にもよほすにやあらむ、世に久しかるまじき心地なむする」などのたまはせて、さるべき御心まうけどもせさせたまふ。

御子たちは、春宮をおきたてまつりては、女宮たちなむ四所おはしましける、その中に、藤壺と聞こえしは、先帝の源氏にぞおはしましける、まだ坊と聞こえさせし時参りたまひて、高き位にも定まりたまふべかりし人の、取り立てたる御後見もおはせず、母方もその筋となくものはかなき更衣腹にてものしたまひければ、御まじらひのほども心細げにて、大后の、尚侍を参らせたてまつりたまひて、かたはらに並ぶ人なくもてなしきこえたまひなどせしほどに、気おされて、帝も御心のうちにいとほしきものには思ひきこえさせたまひながら、おりさせたまひにしかば、かひなく口惜しくて、世の中を恨みたるやうにて亡せたまひにし、その御腹の女三宮を、あまたの御中にすぐれてかなしきものに思ひかしづききこえたまふ。そのほど御年十三四ばかりにおはす。今はと背き棄て、山籠りしなむ後の世にたちとまりて、誰を頼む蔭にてものしたまはむとすらむと、ただこの御事をうしろめたく思し嘆く。

西山なる御寺造り果てて、移ろはせたまはむほどの御いそぎをせさせたまふに添へて、またこの宮の御裳着のことを思しいそがせたまふ。院の内にやむごとなく思す御宝物、御調度どもをばさらにもいはず、はかなき遊び物まで、少しゆゑあるかぎりをばただこの御方にと渡したてまつらせたまひて、その次々をなむ、こと御子たちには御処分どもありける。
春宮は、かかる御なやみにそへて、世を背かせたまふべき御心づかひになむと聞かせたまひて、渡らせたまへり。母女御も添ひきこえさせたまひて参りたまへり。すぐれたる御おぼえにしもあらざりしかど、宮のかくておはします御宿世の、限りなくめでたければ、年ごろの御物語こまやかに聞こえかはさせたまひけり。宮にも、よろづのこと、世をたもちたまはむ御心づかひなど、聞こえ知らせたまふ。御年のほどよりは、いとよくおとなびさせたまひて、御後見どももこなたかなた、軽々しからぬ御仲らひにものしたまへば、いとうしろやすく思ひきこえさせたまふ。

「この世に恨み残ることもはべらず、女宮たちのあまた残りとどまる行く先を思ひやるなむ、さらぬ別れにもほだしなりぬべかりける。さきざき人の上に見聞きしにも、女は心よりほかに、あはあはしく、人におとしめらるる宿世あるなむ、いと口惜しく悲しき。いづれをも、思ふやうならむ御世には、さまざまにつけて、御心とどめて思し尋ねよ。その中に、後見などあるは、さる方にも思ひゆづりはべり、三宮なむ、いはけなき齢にて、ただ一人を頼もしきものとならひて、うち棄ててむ後の世に漂ひさすらへむこと、いといとうしろめたく悲しくはべる」と、御目おしのごひつつ聞こえ知らせさせたまふ。

○物語の流れ

光源氏は、六条院《ろくじょういん》に朱雀院《すざくいん》と冷泉帝《れいぜいてい》との行幸《ぎょうこう》を仰ぎ、自身も准太上天皇《じゅんだいじょうてんのう》として二人と席を並べるなど、めでたさの極みのような藤裏葉《ふじのうらは》の巻末であった。夕霧《ゆうぎり》の結婚も、明石の姫君の春宮入内《とうぐうじゅだい》も無事に終わり、懸案事項はすべて解決した。にも関わらず新しい巻が始まる。物語はどこに行こうとするのか。

新しい巻は、朱雀院が健康の不安から出家を考えているという記事から始まる。朱雀院がもともと病気がちであったことは、これまでも記されてきたところで、目新しいことではないが、朱雀院には女御子《おんなみこ》が四人いたことが、ここで初めて記される。新しい登場人物の紹介は、今後の物語の展開と深く関わりそうである。それにしても、朱雀院の姫宮が、主要な役割を果たすことができるのだろうか。

　四人の姫宮たちの中で、第三皇女に焦点が当てられる。「女三宮《おんなさんのみや》を、あまたの御中にすぐれてかなしきものに思ひかしづききこえたまふ」と、鍾愛《しょうあい》の程が語られる。ところがその「女三宮」の記述に際して、実に長文の二五〇字以上にも及ぶ文章が、挿入句のように挟まれていることが注目される。そこで記されているのは、女三宮の母が「藤壺《ふじつぼ》」であること、更にその母は先帝すなわち桐壺院《きりつぼいん》の前の帝の更衣であるということである。つまり、女三宮の母は先帝の姫宮で、先帝の后腹の亡き藤壺宮の腹違いの妹なのである。とすれば、女三宮は紫の上の従姉妹ということにもなる。

　財産分与などで女三宮を特別扱いする朱雀院の態度は異常なものがある。それだけこの姫宮の将来を気にかけているということではあるものの、過保護が姫宮に悪影響を与えなければ良いのであるが。

○『伊勢物語』と『古今和歌集』

・『伊勢物語』八十四段、さらぬ別れ

　むかし、男ありけり。身はいやしながら、母なむ宮なりける。その母、長岡といふ所にすみたまひけり。子は京に宮仕へしければ、まうづとしけれど、しばしばえまうでず。ひとつ子にさへありければ、いとかなしうしたまひけり。さるに、十二月ばかりに、とみのこととて御文あり。おどろきて見れば歌あり。

　　老いぬればさらぬ別れのありといへばいよいよ見まくほしき君かな

かの子、いたううち泣きてよめる。

　　世の中にさらぬ別れのなくもがな千代もといのる人の子のため

・『古今和歌集』巻十七、雑上、九〇〇〜九〇二番

業平朝臣のははのみこ長岡にすみ侍りける時に、なりひら宮づかへすとて時時もえまかりとぶらはず侍りければ、しはすばかりにははのみこのもとよりとみの事とてふみをもてまうできたり、あけて見ればことばはなくてありけるうた

老いぬればさらぬ別もありといへばいよいよ見まくほしき君かな　　なりひらの朝臣

返し

世中にさらぬ別のなくもがな千世もとなげく人のこのため

寛平御時きさいの宮の歌合のうた　　在原むねやな

白雪のやへふりしけるかへる山かへるがへるもおいにけるかな

○文学史への展開

『伊勢物語《いせものがたり》』の成立の詳細は不明だが、『古今和歌集《こきんわかしゅう》』収載の在原業平《ありわらのなりひら》の歌が『伊勢物語』の根幹であるとされている。掲出した『伊勢物語』八十四段と、『古今和歌集』九〇〇番九〇一番などもその一つの例で、若菜上《わかなのじょう》巻冒頭にちなんで、親子の情愛のあふれた贈答を掲出してみた。

母のみこ（宮）とは、業平の生母、伊都内親王《いとないしんのう》。内親王は桓武天皇《かんむてんのう》の皇女で、業平の父の阿保親王《あぼうしんのう》の父である平城天皇《へいぜいてんのう》とは異母兄妹にあたる。掲出した『伊勢物語』や『古今和歌集』の記述が、伊都内親王が晩年長岡に住んでいた論拠とされている。内親王は貞観《じょうがん》三年（八六一）に亡くなっているから、斉衡《さいこう》（八五四〜）天安《てんあん》（八五七〜）から没年までのころのやりとりであろうか。とすれば業平三十代のこととなる。『古今和歌集』では、九〇〇・九〇一番の贈答歌のあとに、在《あり》原棟梁《わらのむねやな》の歌が置かれている。同じく「老い」を主題にした歌であり、かつ棟梁は業平の長男であるから、ここに並べられたものであろう。ただしこちらの歌は、歌合の歌でもあり、歌枕「かへる山」を詠み込んだ洒脱な作品となっている。

二　若菜上巻（二）と継子いじめの物語

◎若菜上巻（二）　紫の上の心労

またの日、雪うち降り、空のけしきもものあはれに、過ぎにし方行く先の御物語聞こえかはしたまふ。「院の頼もしげなくなりたまひにたる御とぶらひに参りて、あはれなることどものありつるかな。女三宮の御ことを、いと棄てがたげに思して、しかしかなむのたまひつけしかば、心苦しくてえ聞こえいなびずなりにしを、ことことしくぞ人は言ひなさむかし。今はさやうのこともうひうひしく、すさまじく思ひなりにたれば、人づてに気色ばませたまひしには、とかくのがれきこえしを、対面のついでに、心深きさまなることどもをのたまひ続けしには、えすくすくしくも返さひ申さでなむ。深き御山住みに移ろひたまはむほどにこそは、渡したてまつらめ。あぢきなくや思さるべき。いみじきことありとも、御ためあるよに変ることはさらにあるまじきを、心なおきたまひそよ。かの御ためこそ心苦しからめ。それもかたはならずもてなしてむ。誰も誰ものどかにて過ぐしたまはば」など聞こえたまふ。はかなき御すさびごとをだにめざましきものに思して、心やすからぬ御心ざまなれば、いかが思さむと思すに、いとつれなくて、「あはれなる御譲りにこそはあなれ。ここには、いかなる心をおきたてまつるべきにか。めざましく、かくてはなど咎めらるまじくは、心やすくてもはべなむを、かの母女御の御方ざまにても、疎からず思し数まへてむや」と卑下したまふを、「あまり、かう、うちとけたまふ御ゆるしも、いかなればとうしろめたくこそあれ。まことは、さだに思しゆるして、我も人も心得て、なだらかにもてなし過ぐしたまはば、いよいよあはれになむ。ひが言聞こえなどせむ人の言、聞き入れたまふな。すべて世の人の口といふものなむ、誰が言ひ出づることともなく、おのづから人の仲らひなど、うちほほゆがみ、思はずなること出で来るものなめるを、心ひとつにしづめて、ありさまに従ふなむよき。まだきに騒ぎて、あいなきもの恨みしたまふな」と、いとよく教へきこえたまふ。

心のうちにも、かく空より出で来にたるやうなることにて、のがれたまひがたきを、憎げにも聞こえなさじ、わが心に憚りたまひ、諫むることに従ひたまふべき、おのがどちの心より起これる懸想にもあらず、せかるべき方なきものから、をこがましく思ひむすぼほるるさま、世人に漏りきこえじ、式部卿宮の大北の方、常にうけはしげなることどもをのたまひ出でつつ、あぢきなき大将の御事にてさへ、あやしく恨みそねみたまふなるを、かやうに聞きて、いかにいちじるく思ひ合はせたまはむ、など、おいらかなる人の御心といへど、いかでかはかばかりの隈はなからむ。今はさりとものみわが身を思ひあがり、うらなくて過ぐしける世の、人笑はれならむことを、下には思ひつづけたまへど、いとおいらかにのみもてなしたまへり。

○物語の流れ

朱雀院《すざくいん》は、女三宮を光源氏に託した。光源氏家の後継者夕霧《ゆうぎり》や、太政大臣家の長男柏木《かしわぎ》ならば、年齢的にも釣り合いの取れる相手であるが、女三宮の欠点を上手に隠して一人前の女性に育て上げてほしいという思いもあって、親子ほど年の違う光源氏を、内親王が降嫁する相手に選んだのである。

紫の上という人がいながら、光源氏が女三宮の降嫁を承知したのは何故か。朱雀院の苦衷を黙視できなかったということもあるが、女三宮が藤壺《ふじつぼ》の姪、もう一人の紫のゆかりでなければ、承引はなかったはずである。紫の上を傷つけるということは考えなかったのだろうか。考えたであろうが、光源氏には、新しい紫のゆかりが現れても紫の上に対する自分の愛情は変わらない、紫の上が自分にとって一番大切な人であることは変わらないと考えたのであろう。明石の君がいても、朧月夜《おぼろづきよ》尚 侍《ないしのかみ》がいても、玉鬘《たまかづら》に一時迷っても、紫の上の立場は微動だにしなかったように。しかし今回は話が違う。朱雀院鍾愛の内親王である。紫の上に代わって、六条院で一番地位の高い夫人となる。つまり紫の上は、第二夫人とならざるを得ないのである。光源氏の心の中に自分以外の女性が存在出来る余地がある、その女性は自分が到底及ばない社会的地位を持っている、そうした女性を光源氏があえて受け入れた、これらのことが紫の上を絶望させたのではないか。本文中にも「卑下」という直截な表現があるが、「あちらから目障りなどと思われずに、親しいもののうちに加えていただければ」という言葉は痛々しい。「誰も誰ものどかにて過ぐしたまはば」「ありさまに従ふなむよき」という光源氏の言葉の何と残酷なことか。注目すべきは、光源氏は「いとよく教へきこえたまふ」と記されていることである。教えるということは一方通行の言葉である。自分が正しいと思っていることを押しつけることでもある。この文章は、光源氏と紫の上との心の決定的な乖離を示すものである。

加えて、紫の上には別の悩みもあった。父式部卿宮《しきぶきょうのみや》の北の方の存在である。義母に当たるわけであるが、紫の上の母の死の遠因ともなった意地悪な女性である。いつも紫の上を妬み、光源氏の須磨退去の際には、紫の上の不幸を喜んだ女性である。数年前の玉鬘と鬚黒《ひげくろ》の結婚は、鬚黒の前妻、式部卿宮の大君との離別騒動を起こした。それは紫の上が陰で糸を引いたなどとんでもない言いがかりをつけているらしい。その義母が今回のことを聞くと快哉を叫ぶのではないか、紫の上の心は重く沈んでいくばかりである。

○『落窪物語』縁談の辞退を勧める母

かくて二条殿には、十日ばかりになりぬれば、今参りども十余人ばかり参りて、いと今めかしうをかし。和泉守のいとこなる、かうかうと聞きて、参らせて、兵庫といふ。あこぎはおとなになりて、衛門といふ。小さくをかしげなる若人にて、思ふことなげにてありく。男も女も類なく思したる、ことわりぞかし。

少将の君の母北の方、「二条殿に人据ゑたりと聞くはまことか。さらば、中納言には、『よかなり』とはのたまふか」、少将、「御消息聞こえてと思うたまへしかど、人も住みたまはぬうちに、ただしばしと思うたまへてなむ。問はせたまへ、中納言は、なかにも、さ言ふと聞きはべりしかば。男は、一人にてや侍る。うち語らひてはべれかし」と笑ひたまへば、北の方、「いであなにく。人あまた持たるは、嘆き負ふなり。身も苦しげなり。なものしたまひそ。その据ゑたまひつらむに思しつかば、さてやみたまひね。今とぶらひきこえむ」とて、後は、をかしき物奉りたまひて、聞えかはしたまふ。「この人よげにものしたまふめり。御文書き、手つき、いとをかしかめり。誰が女ぞ。これにて定まりたまひね。女子持たれば、人の思さむことも、いとほしう、心苦しうなむおぼゆる」と少将に申したまへば、ほほゑみたまひて、「これも、よも忘れはべらじ。またもゆかしうはべり」と申したまへば、「いかでか。けしからず。さらに思ひきこゆまじき御心なめり」と笑ひたまふ。御心なむいとよく、かたちもうつくしうおはしましける。

○文学史への展開

紫の上の人生には、継子いじめの物語の型が見え隠れする。はかなく亡くなった紫の上の母、悪人ではないが小心者で頼りにならぬ父式部卿宮、憎々しいことを口走る敵役の義母大北の方、そしてヒロイン紫の上、型どおりの配役である。それが陳腐にならないのは、うまく物語の型を脱皮するものを書き込んでいるからである。それだけに、うまく行かずに切歯扼腕《せっしやくわん》する大北の方の姿には、辟易しつつも、読者は一種のカタルシスを感じてきたのである。しかし、今回は紫の上に救いがないようで、読んでいてつらさを感じさせる。

継子いじめの物語の代表格は『落窪《おちくぼ》物語』である。落窪の姫君は意地悪な継母との関係から逃れて、少将道頼《みちより》に救い出され、二条殿で幸せな生活を始める。道頼は、報復のために落窪の父中納言と継母との実子四の君との縁談を進めようとする。土壇場で、面白の駒という笑いものと入れ替わって、継母と四の君に恥をかかせようと思っているからだ。そうとは知らない道頼の母は、落窪の君という人がいるのだから、縁談を断ったらという。

女三宮を迎えようとする光源氏の耳に届かせたいような、道頼の母の思いやりである。

三　若菜下巻（一）と『堤中納言物語』

◎若菜下巻（一）　六条院の女楽

御琴どもの調べどもととのひ果てて、掻き合はせたまへるほど、いづれとなき中に、琵琶はすぐれて上手めき、神さびたる手づかひ、澄み果てておもしろく聞こゆ。和琴に、大将も耳とどめたまへるに、なつかしく愛敬づきたる御爪音に掻き返したる音の、めづらしくいまめきて、さらに、このわざとある上手どもの、おどろおどろしく掻き立てたる調べ調子に劣らず、にぎははしく、大和琴にもかかる手ありけりと、聞き驚かる。深き御労のほどあらはに聞こえておもしろきに、大殿御心落ちゐて、いとありがたく思ひきこえたまふ。箏の御琴は、ものの隙々に、心もとなく漏り出づるものの音がらにて、うつくしげになまめかしくのみ聞こゆ。琴は、なほ若き方なれど、習ひたまふ盛りなれば、たどたどしからず、いとよくものに響きあひて、優になりにける御琴の音かなと、大将聞きたまふ。拍子とりて唱歌したまふ。院も時々扇うち嶋らして、加へたまふ御声、昔よりもいみじくおもしろく、すこしふつつかに、ものものしき気添ひて聞こゆ。大将も、声いとすぐれたまへる人にて、夜の静かになりゆくままに、なつかしき夜の御遊びなり。

月、心もとなきころなれば、燈籠こなたかなたにかけて、火よきほどにともさせたまへり。宮の御方をのぞきたまへば、人よりけに小さくうつくしげにて、ただ御衣のみある心地す。にほひやかなる方は後れて、ただいとあてやかにをかしく、二月の中の十日ばかりの青柳の、わづかにしだりはじめたらむ心地して、鶯の羽風にも乱れぬべくあえかに見えたまふ。桜の細長に、御髪は左右よりこぼれかかりて、柳の糸のさましたり。これこそは、限りなき人の御ありさまなめれと見ゆるに、女御の君は、同じやうなる御なまめき姿のいま少しにほひ加はりて、もてなしけはひ心にくく、よしあるさましたまひて、よく咲きこぼれたる藤の花の、夏にかかりてかたはらに並ぶ花なき朝ぼらけの心地ぞしたまへる。さるは、いとふくらかなるほどになりたまひて、なやましくおぼえたまひければ、御琴も押しやりて、脇息におしかかりたまへり。ささやかになよびかかりたまへるに、御脇息は例のほどなれば、およびたる心地して、ことさらに小さく作らばやと見ゆるぞ、いとあはれげにおはしける。紅梅の御衣に、御髪のかかりはらはらときよらにて、火影の御姿世になくうつくしげなり。紫の上は、葡萄染にやあらむ、色濃き小袿、薄蘇芳の細長に御髪のたまれるほど、こちたくゆるるかに、大きさなどよきほどに、様体あらまほしく、あたりににほひ満ちたる心地して、花といはば桜にたとへても、なほ物よりすぐれたるけはひことにものしたまふ。かかる御あたりに、明石は気おさるべきを、いとさしもあらず、もてなしなど気色ばみ恥づかしく、心の底ゆかしきさまして、そこはかとなくあてになまめかしく見ゆ。柳の織物の細長、萌黄にやあらむ、小袿着て、うす物のはかなげなる引きかけて、ことさら卑下したれど、けはひ思ひなしも、心にくく悔らはしからず。

○物語の流れ

時は流れ、女三宮の降嫁から七年がたった。この間に冷泉《れいぜい》帝が譲位し、今上が即位した。明石女御腹の第一皇子が新しい東宮となり、光源氏は東宮の祖父となったのである。光源氏の親友太政大臣は冷泉帝に従うように致仕し、今上の伯父鬚黒《ひげくろ》が右大臣となって実権を握った。光源氏の四十賀の祝いを真っ先に行った玉鬘《たまかずら》の夫である鬚黒は、光源氏に親昵し、大納言となった夕霧とも仲がよく、六条院光源氏家の将来はますます安泰のようである。

六条院を外側から見れば、めでたさ尽くしであるが、その内実はどうであろうか。第一夫人の女三宮が、六条院の建前上の女主人である。それを支えるものは、第二夫人格の紫の上の犠牲的精神である。七年の歳月は長くつらいものであったに違いない。そしてそのつらい日常はいつ終わるともしれないもの。精神的疲労は積み重なり、年齢を重ねるとともに紫の上の心と体を少しずつ損ねていったのではないだろうか。

そうした中で、女三宮の父朱雀院の五十賀の祝いの年となる。その賀のために光源氏は女三宮に琴《きん》のことを教え、披露しようとする。その予行演習として六条院の女性たちの合奏が行われる。いわゆる六条院の女楽《おんながく》である。主役の琴のことの女三宮を中心に、音楽に最も堪能な明石の君は得意中の得意の琵琶《びわ》を担当、懐妊中の明石女御は比較的負担の少ない箏《そう》のこと、残る和琴《わごん》を紫の上が担当する。紫の上が和琴を演奏する姿はこれまでに描かれたことはなく、手に触れる機会も多くなかったに違いない。それでも、陪席した夕霧が、やさしく心にしみるような音色で専門家の技量にも劣らないと感じたほどの演奏であった。女三宮を立て、身重の女御をいたわり、音楽が得意な明石の君の存在を気にかけながらの演奏は、紫の上に極度の緊張を強いたに違いない。物語は、この女楽の場面の後、源氏が四人の女性をそれぞれ花にたとえる場面に移っていくが、これは光源氏が女性たちを外側からしか見ていない、極言すれば物として見ていることを示しているのではないか。紫の上の絶えざる努力や配慮には思いが至らない。そしてその翌朝、極度に張り詰めた紘が切れるように、紫の上は病の床に臥す。

○『堤中納言物語』の女性の比喩

「御方こそ。この花はいかが御覧ずる」と言へば、「いざ、人々にたとへきこえむ」とて、命婦の君、「かのはちすの花は、まろが女院のわたりにこそ似たてまつりたれ」とのたまへば、
大君、「下草の竜胆はさすがなんめり。一品の宮と聞こえむ」、
中の君、「ぎぼうしは、だいわうの宮にもなどか」、
三の君、「紫苑の、はなやかなれば、皇后宮の御さまにもがな」、
四の君、「中宮は、父大臣つねにぎきやうを読ませつつ、祈りがちなめれば、それにもなどか似させたまはざらむ」、
五の君、「四条の宮の女御、『露草の露にうつろふ』とかや、明け暮れのたまはせしこそ、まことに見えしか」、

六の君、「垣ほの撫子は。承香殿と聞こえまし」、
七の君、「刈萱のなまめかしきさまにこそ、弘徽殿はおはしませ」、
八の君、「宣耀殿は、菊と聞こえさせむ。宮の御おぼえなるべきなめり」、（中略）
十の君、「淑景舎は『朝顔の昨日の花』となげかせたまひしこそ、ことわりと見たてまつりしか」、（中略）
姫君、「右大臣殿の中の君は、見れどもあかぬ女郎花のけはひこそしたまひつれ」

○文学史への展開

女性を花にたとえて比較する文章は、多くの文学作品に見られるが、ここでは『堤中納言物語《つつみちゅうなごんものがたり》』を掲出した。この物語は「虫めづる姫君」「貝合」「はいずみ」など十編の短編物語と一つの断章からなるもので、個々の物語の作者は異なると考えられている。成立は十一世紀後半から十二世紀頃か。書名の由来も不詳。「堤中納言」と称された藤原兼輔《かねすけ》は時代が合わない。平安時代中期に物語合せが行われたことが成立の背景にあるか。掲出したのは『堤中納言物語』中の「はなだの女御」である。ある男が垣間見をしていると、姉妹たちが自分の仕える女主人をそれぞれ花にたとえていた。その一部を取り上げた。たわいないおしゃべりのようだが、「ぎきやう」は『無量義経《むりょうぎきょう》』に「桔梗」を掛けたもの、「露草の露にうつろふ」は「世の中の人の心はつきくさのうつろひやすき色にぞ有りける」（古今六帖《こきんろくじょう》・三八四四）、「垣ほの撫子」は「あなこひし今も見てしが山がつのかきほにさける山となでしこ」（古今集・六九五）、「朝顔の昨日の花」は、「あさがほのきのふのはなはかれずとも人のこころをいかがたのまん」（古今六帖・二一九五）、「見れどもあかぬ女郎花」は「日ぐらしに見れどもあかぬおみなへしのべにやこよひたびねしなまし」（拾遺集・一六一）をそれぞれ踏まえており、しゃれた言い回しも工夫されている。

四　若菜下巻（二）と『狭衣物語』

◎若菜下巻（二）　柏木の恋文の発見

まだ朝涼みのほどに渡りたまはむとて、とく起きたまふ。「昨夜のかはほりを落として。これは風ぬるくこそありけれ」とて、御扇置きたまひて、昨日うたた寝したまへりし御座のあたりを立ちとまりて見たまふに、御しとねのすこしまよひたるつまより、浅緑の薄様なる文の押し巻きたる端見ゆるを、何心もなく引き出でて御覧ずるに、男の手なり。紙の香などいと艶に、ことさらめきたる書きざまなり。二重ねにこまごまと書きたるを見たまふに、紛るべき方なくその人の手なりけりと見たまひつ。御鏡などあけて参らする人は、なほ見たまふ文にこそはと心も知らぬに、小侍従見つけて、昨日の文の色と見るに、いといみじく、胸つぶつぶと鳴る心地す。御粥など参る方に目も見やらず、いで、さりとも、それにはあらじ、いといみじく、さることはありなむや、隠したまひてけむ、と思ひなす。宮は、何心もなく、まだ大殿籠れり。あないはけな、かかる物を散らしたまひて、我ならぬ人も見つけたらましかば、と思すも、心劣りして、さればよ、いとむげに心にくきところなき御ありさまをうしろめたしとは見るかし、と思す。

出でたまひぬれば、人々すこしあかれぬるに、侍従寄りて、「昨日の物はいかがせさせたまひてし。今朝、院の御覧じつる文の色こそ似てはべりつれ」と聞こゆれば、あさましと思して、涙のただ出で来に出で来れば、いとほしきものから、言ふかひなの御さまやと見たてまつる。「いづくにかは置かせたまひてし。人々の参りしに、事あり顔に近くさぶらはじと、さばかりの忌をだに、心の鬼に避りはべしを、入らせたまひしほどは、すこしほど経はべりにしを、隠させたまひつらむとなむ思うたまへし」と聞こゆれば、「いさとよ。見しほどに入りたまひしかば、ふともえ置きあへでさしはさみし

いとかの君もいみじ。あないみじ。「あなかるなし。寄りて見ればいづくのかはあらむ。を、忘れにけり」とのたまふに、いと聞こえむ方なし。寄りて見ればいづくのかはあらむ。「あないみじ。かの君もいと

いたく怖ぢ憚りて、けしきにても漏り聞かせたまふことあらばと、かしこまりきこえたまひしものを。ほどだに経ず、かかることの出でまうで来るよ。すべていはけなき御ありさまにて、人にも見えさせたまひければ、年ごろさばかり忘れがたく、恨み言ひわたりたまひしかど、かくまで思ひたまへし御ことかは。誰が御ためにもいとほしくはべるべきこと」と、憚りもなく聞こゆ。（中略）

主の院、「過ぐる齢にそへては、酔泣きこそとどめがたきわざなりけれ。衛門督心とどめてほほ笑まるる、いと心恥づかしや。さりともいましばしならむ。さかさまに行かぬ年月よ。老はえのがれぬわざなり」とて、うち見やりたまふに、人よりけにまめだち屈じて、まことに心地もいとなやましければ、いみじきことも目もとまらぬ心地する人をしも、さし分きて空酔ひをしつつかくのたまふ、戯れのやうなれど、いとど胸つぶれて、盃のめぐり来るも頭いたくおぼゆれば、けしきばかりにて紛らはすを御覧じ咎めて、持たせながらたびたび強ひたまへば、はしたなくてもてわづらふさま、なべての人に似ずをかし。心地かき乱りてたへがたければ、まだ事もはてぬにまかでたまひぬるままに、いといたくまどひて、例のいとおどろおどろしき酔ひにもあらぬを、いかなればかかるならむ、つつましとものを思ひつるに、気ののぼりぬるにや、いとさいふばかり、臆すべき心弱さとはおぼえぬを、言ふかひなくもありけるかな、とみづから思ひ知らる。しばしの酔ひのまどひにもあらざりけり。やがていといたくわづらひたまふ。

○物語の流れ

長年にわたる精神的疲労は、思いのほか紫の上の体をむしばんでいた。女楽《おんながく》の翌日から病の床に臥した紫の上の病状は日に日に悪化する。三月には二条院に移される。忍従を強いられる六条院よりも、思い出多き二条院は紫の上の心を和らげたであろうが、病は重る一方である。光源氏も六条院を留守にして付きっきりであるが、その効果もない。とうとう四

月には一時危篤に陥った。それでも光源氏の懸命の看護や、加持祈禱《かじきとう》など、あらゆる手を尽くした効果か、六月にはなんとか小康状態となったのであった。

ところで女三宮《おんなさんのみや》の婿選びの時、真っ先に名乗りを上げた柏木《かしわぎ》は、その後も女三宮のことを思い続けていた。その執心は七年の間に風化するどころか、年を追って強くなってきた。七年後の今、女三宮は二十歳前後、柏木は二十代後半。これに対して光源氏は四十七歳、四十歳から長寿の祝いが始まる当時としては、初老期である。光源氏にもしものことがあればと不遜なことさえ考えていた柏木は、女三宮の異母姉女二宮（落葉宮《おちばのみや》）を妻に迎えていたが、満足できない。光源氏は紫の上に付きっきりで、女三宮をないがしろにしているように思っている。女三宮への同情は、柏木の思いを一層かき立てる。光源氏が留守の六条院は、人数も少なく女三宮へ近づく絶好の機会であった。侍女小侍従《こじじゅう》の手引きで忍び込んだ柏木は女三宮と契る。七年越しの思いを叶えた柏木だが、同時に罪の意識にもさいなまれる。それでも密会は繰り返され、思いの丈を訴えた手紙を女三宮に送り続ける。破滅はいち早くやってきた。紫の上が小康状態になったので、久しぶりに六条院の女三宮を訪ねた光源氏は、柏木の恋文を発見する。掲出したのはこの場面である。恋愛感情に駆られ常軌を逸した柏木と、その手紙をわけもなく発見されてしまう女三宮の幼さが引き起こした出来事であった。中略の部分では、対応に苦慮する光源氏の姿と、恐怖におののく柏木と女三宮の姿が描かれる。柏木は光源氏を恐れひたすら身を隠していたが、朱雀院《すざくいん》の五十賀の祝いの準備のため、やむを得ず六条院の光源氏の呼び出しに応じる。女楽の翌日の紫の上の発病以来、光源氏は、院の賀どころではなく、年末十二月まで延び延びになっていた。話は見事につながる。そしてこの日、強烈な皮肉の言葉を光源氏から浴びせられた柏木はそのまま重病の床に臥すことになる。

○『狭衣物語』巻三、宰相中将、今姫君のもとに忍ぶ

いかなることをして、このことなだらかにて、思ひ止めさせたてまつらんと、まめやかに思し嘆くしるしにや、宰相中

将、いかでか見きこえさせけん、いとなつかしげなる御容貌を見けるより、思ひつきて、ほのめかしたまひけり。上も聞きたまひながら、かく思し立ちぬるも、ねたかりければ、帝も大殿もかく承け引きたまはぬけしきを見れば、後の罪も敢へなんとや思ふらん、明後日ばかりになりて、寝たまへる所に入り臥しにけり。

ただ児のやうにておはするも、さま変りて、なかなかうつくしうおぼゆるに、ねたうおぼゆ。今宵、我忍び過ぐさん、苦しかりぬべきを、いかにせましと思ひなりぬるけはひやしるかりけむ、近く臥したる母代おどろき合ひて、聞きつけてけり。「いなや、ここに男のけはひこそすれ。いで、そら耳か、まこと耳か。今日明日、帝の君の愛しうつくしみたまふべき我が仏を、いかなる痴者の奴の、いかにしつるぞや」と言ひて、灯も消えにければ、探り寄りたるに、さればこそといと高らかにうちあざ笑ひて、「人々、紙燭さして参りたまへ。ここにいとあさましき盗人の奴の入りたるぞ」と高う言ふに、寝たる人々も、おどろき、騒ぎぬ。

○文学史への展開

『狭衣物語《さごろものがたり》』は、『源氏物語』から半世紀ぐらい後に成立したとされる。作者は六条斎院宣旨《ろくじょうさいいんのせんじ》と推測されている。『源氏物語』以後のいわゆる後期物語では、鎌倉時代には最も評価が高かったものである。『源氏物語』の場面や筋立てや人物造型を踏襲した箇所が多く、巧みに換骨奪胎《かんこつだったい》していることも、人気の理由の一つであろう。掲出したのは、巻三で、宰相中将が今姫君の元に忍び込む場面である。宰相中将が今姫君に思いを寄せながら、それを無視する形で入内の計画が進むのは、柏木の女三宮への思いを知りながら、光源氏への降嫁が決定した過程と照応する。『源氏物語』を強く意識していたと考えて良いだろう。ただ、今姫君自身と周辺の人々は一貫して滑稽に描き出されており、パロディに近い形で再生されている。「ただ児のやうにておはするも、さま変りて、なかなかうつくしうおぼゆる」という表現などは、明らかに女三宮を連想させるような書き方である。

五　柏木巻と『大鏡』

◎柏木巻　太政大臣家の悲嘆と夕霧の見舞

かの衛門督は、かかる御ことを聞きたまふに、いとど消え入るやうにしたまひて、むげに頼む方少なうなりたまひにたり。女宮のあはれにおぼえたまへば、ここに渡りたまはむことは、今さらに軽々しきやうに、上も大臣も、かくつと添ひおはすれば、おのづからとりはづして見たてまつりたまふやうもあらむに、あぢきなしと思して、「かの宮に、とかくしていま一たび参でむ」とのたまふを、さらにゆるしきこえたまはず。誰にも、この宮の御ことを聞こえつけたまふ。（中略）

大将の君、常にいと深う思ひ嘆き、とぶらひきこえたまふ。御よろこびにもまづ参でたまへり。このおはする対のほとり、こなたの御門は、馬、車たちこみ、人騒がしう騒ぎみちたり。今年となりては、起き上がることもをさをさしたまはねば、重々しき御さまに、乱れながらはえ対面したまはで、思ひつつ弱りぬることと思ふに、口惜しければ、「なほこなたに入らせたまへ。いとらうがはしきさまにはべる罪は、おのづから思しゆるされなむ」とて、臥したまへる枕上の方に、僧などしばし出だしたまひて、入れたてまつりたまふ。早うより、いささか隔てたまふことなう睦びかはしたまふ御仲なれば、別れむことの悲しう恋しかるべき嘆き、親はらからの御思ひにも劣らず。今日はよろこびとて、心地よげならましをと思ふに、いと口惜しうかひなし。「などかく頼もしげなくはなりたまひにける。今日は、かかる御よろこびに、いささかすくよかにもや、とこそ思ひはべりつれ」とて、几帳のつまを引き上げたまへれば、「いと口惜しう、その人にもあらずなりにてはべりや」とて、烏帽子ばかり押し入れて、すこし起き上がらむとしたまへど、いと苦しげなり。白き衣ど

もの、なつかしうなよよかなるをあまた重ねて、衾ひきかけて臥したまへり。（中略）

「六条院にいささかなることの違ひ目ありて、月ごろ、心のうちにかしこまり申すことなむはべりしを、いと本意なう、世の中心細う思ひなりて、病づきぬとおぼえはべしに、召しありて、院の御賀の楽所の試みの日参りて、御気色を賜りしに、なほ許されぬ御心ばへあるさまに、御目尻を見たてまつりはべりて、いとど世にながらへむことも憚り多うおぼえなりはべりて、あぢきなう思ひたまへしに、心の騒ぎそめて、かく静まらずなりぬるになむ。人数には思し入れざりけめど、いはけなうはべし時より、深く頼み申す心のはべりしを、いかなる讒言などのありけるにかと、これなむこの世の愁へにて残りはべるべければ、論なうかの後の世の妨げにもやと思ひたまふるを、事のついではべらば、御耳とどめて、よろしう明らめ申させたまへ。亡からむうしろにも、この勘事ゆるされたらむなむ、御徳にはべるべき」などのたまふままに、いと苦しげにのみ見えまされば、いみじうて、心のうちに思ひ合はすることどもあれど、さしてたしかにはえしも推しはからず。「いかなる御心の鬼にかは。さらにさやうなる御気色もなく、重りたまへるよしをも聞きおどろき嘆きたまふこと、限りなうこそ口惜しがり申したまふめりしか。などかく思すことあるにては、今まで残いたまひつらむ。こなたかなた明らめ申すべかりけるものを。いまは言ふかひなしや」とて、とり返さまほしう悲しう思さる。「げにいささかも隙ありつるをり、聞こえうけたまはるべうこそはべりけれ。されど、いとかう今日明日としもやはと、みづからながら知らぬ命のほどを、思ひのどめはべりけるもはかなくなむ。このことはさらに御心より漏らしたまふまじ。さるべきついではべらむをりには、御用意加へたまへとて、聞こえおくになむ。一条にものしたまふ宮、ことにふれてとぶらひきこえたまへ。心苦しきさまにて、院などにも聞こしめされたまはむを、つくろひたまへ」などのたまふ。

○物語の流れ

光源氏に不義を知られた女三宮《おんなさんのみや》と柏木《かしわぎ》は自らの罪に恐れおののく。特に柏木は、前年十二月に満座の中で自分にだけ通じる強烈な皮肉を光源氏に浴びせられて、心労のあまり重病となった。父の太政大臣、母の四の君は惑乱して、愛する我が子を妻や義母に任せておけず実家に引き取る。両親の思いや必死の看病もむなしく、柏木は日に日に弱っていく。生きる希望、生きようという意欲がないからである。こうした中で女三宮は男の子を出産する。光源氏の子ではなく、柏木の血を引く赤子であった。光源氏は暗澹たる思いであるが、世間体を繕うためにも我が子として育てていくほかはない。そうしたいらだちを感じ取った女三宮は今後の生活に絶望し、出家の道を選ぶ。その知らせは柏木の最後の希望を打ち砕いた。女三宮への思慕が柏木をこの世につなぎとめる唯一のものであったからだ。重態に陥った柏木のもう一つの気がかりは、妻の「女宮」（落葉宮）のことである。自分が先立てば母親と二人だけの女所帯、どのように心細い境遇になるか想像できる。自分を連れて帰った両親には期待できないであろう。

そうしたおり、従兄弟で親友でもある夕霧が見舞いにくる。柏木は夕霧に後事を託すのであるが、中でも二つの重要な遺言がある。一つは光源氏への取りなしである。「いささかなることの違ひ目」と朧化しつつも「この勘事ゆるされたらむなむ、御徳にはべるべき」と光源氏の勘気を解いてくれるように頼む。「院の御賀の楽所の試みの日参りて、御気色を賜りしに、なほ許されぬ御心ばへあるさまに、御目尻を見たてまつりはべりて」と、若菜下巻（二）の後半部で引用した、あの日の対面が決定的であったことも記されている。もう一つは、後に残す落葉宮の不安定な境遇のことである。自分の両親との仲がかんばしくない以上、親友夕霧に託すほかはない。「一条にものしたまふ宮、ことにふれてとぶらひきこえたまへ」と頼んだのであるが、これが思いも掛けぬ事態を引き起こすことになるとは、柏木は知るよしもなかった。

猶、夕霧の見舞いの箇所は、国宝『源氏物語絵巻』にも描かれて有名な場面である。そこでは文章の通り、重篤の病人である柏木も、見舞客夕霧を迎えて、きちんと烏帽子をかぶって横になっている姿が描かれている。

○『大鏡』実頼伝

このおとどは、忠平のおとどの一男におはします。小野の宮のおとどと申しき。御母、寛平法皇の御女なり。大臣の位にて二十七年、天下執行、摂政・関白したまひて二十年ばかりやおはしましけむ。御諡号、清慎公なり。和歌の道にもすぐれおはしまして、後撰にもあまた入りたまへり。凡、何事にも有識に、御心うるはしくおはしますことは、世の人の本にぞひかれさせたまふ。

小野宮の南面には、御髻放ちては出でたまふことなかりき。そのゆゑは、稲荷の杉のあらはに見ゆれば、「明神、御覧ずらむに、いかでかなめげにては出でむ」とのたまはせて、いみじくつつしませたまふに、おのづから思し召し忘れぬる折は、御袖をかづきてぞ驚きさわがせたまひける。

○文学史への展開

『大鏡《おおかがみ》』は白河朝頃に成立した作者不詳の歴史物語。六国史などの正史の編年体の形式は継承して、漢文体の表記は仮名に改めたのが、最初の歴史物語『栄花物語《えいがものがたり》』である。その仮名の歴史物語としての『栄花物語』を継承するとともに、記述の形式を紀伝体に改めたのが『大鏡』である。この形式の採用により、歴史と説話が見事に融合されることとなった。その一方で、説話性を保証するために、大宅世継《おおやけのよつぎ》と夏山繁樹《なつやまのしげき》の二百歳近くの老人が語るという体裁を導入した。掲出したのは、大臣列伝の中の清慎公《せいしんこう》藤原実頼《さねより》の記事である。実頼は政治から文学まで多方面の才能があり、謹厳実直で知られる。頭を露出することを忌避する当時の考え方と、小野宮邸の様子、生真面目に大慌てする実頼の人物像を、短い文章の中に巧みに再現している。鎌倉時代、十三世紀半ばに成立した説話集『十訓抄《じっきんしょう》』巻一の四十三話には、平安時代末期、史大夫朝親《ともちか》という男が天井の低い車で烏帽子を脱いでいたところ、法性寺関白藤原忠親《ただちか》と行き会い、慌てて車から降りて平伏したが、むき出しになった頭を見て人々は大笑いをしたという説話も伝えられている。

六　横笛巻と『蒙求』

◎横笛巻　一条宮を見舞う夕霧

秋の夕のものあはれなるに、一条宮を思ひやりきこえたまひて、渡りたまへり。うちとけしめやかに、御琴どもなど弾きたまふほどなるべし。深くもえ取りやらで、やがてその南の廂に入れたてまつりたまへり。端つ方なりける人のゐざり入りつるけはひどもしるく、衣の音なひも、おほかたの匂ひ香ばしく、心にくきほどなり。例の、御息所対面したまひて、昔の物語ども聞こえかはしたまふ。わが御殿の、明け暮れ人繁く、もの騒がしく、幼き君たちなどすだきあわてたまふにならひたまひて、いと静かにものあはれなり。うち荒れたる心地すれど、あてに気高く住みなしたまひて、前栽の花ども、虫の音しげき野辺と乱れたる夕映えを見わたしたまふ。

和琴を引き寄せたまへれば、律に調べられて、いとよく弾きならしたる、人香にしみてなつかしうおぼゆ。かやうなるあたりに、思ひのままなる好き心ある人は、静むることなくて、さまあしきけはひをもあらはし、さるまじき名をも立つるぞかし、など思ひ続けつつ掻き鳴らしたまふ。故君の常に弾きたまひし琴なりけり。をかしき手一つなど、すこし弾きたまひて、「あはれ、いとめづらかなる音に掻き鳴らしたまひしはや。この御琴にも籠りてはべらむかし。うけたまはりあらはしてしがな」とのたまへば、「琴の緒絶えにし後より、昔の御童遊びの名残をだに、思ひ出でたまはずなむなりにてはべめる。院の御前にて、女宮たちのとりどりの御琴ども試みきこえたまひしにも、かやうの方はおぼめかしからずものしたまふとなむ、定めきこえたまふめりしを、あらぬさまにほれぼれしうなりて、ながめ過ぐしたまふめれば、世の憂きつまにといふやうになむ見たまふる」と聞こえたまへば、「いとことわりの御思ひなりや。限りだにある」とうちながめて、琴は押しやりたまへれば、「かれ、なほさらば、声に伝はることもやと、聞きわくばかり鳴らさせたまへ。ものむつかしう思うたまへ沈める耳をだに、明らめはべらむ」と聞こえたまふを、「しか伝はる中の緒は、ことにこそははべらめ。それをこそうけたまはらむとは聞こえつれ」とて、御簾のもと近く押し寄せたまへど、とみにしもうけひきたまふまじきことなれば、強ひても聞こえたまはず。

月さし出でて曇りなき空に、はねうちかはす雁がねもつらを離れぬ、うらやましく聞きたまふらむかし。風肌寒く、ものあはれなるにさそはれて、箏の琴をいとほのかに掻き鳴らしたまへるも奥深き声なるに、いとど心とまり果てて、なかなかに思ほゆれば、琵琶を取り寄せて、いとなつかしき音に想夫恋を弾きたまふ。「思ひ及び顔なるはかたはらいたけれど、これは言問はせたまふべくや」とて、切に簾の内をそそのかしきこえたまへど、ましてつつましきさし答へなれば、宮はただものをのみあはれと思し続けたるに、

　言に出でて言はぬも言ふにまさるとは人に恥ぢたるけしきをぞ見る

と聞こえたまふに、ただ末つ方をいささか弾きたまふ。

　深き夜のあはればかりは聞きわけどことよりほかにえやは言ひける

飽かずをかしきほどに、さるおほどかなる物の音がらに、古き人の心しめて弾き伝へける、同じ調べのものといへど、あはれに心すごきもののかたはしを掻き鳴らして止みたまひぬれば、恨めしきまでおぼゆれど、「好き好きしさを、さまざまに弾き出でても御覧ぜられぬるかな。秋の夜更かしはべらむも昔の咎めやと憚りてなむ、まかではべべかめる。また、ことさらに心してなむさぶらふべきを、この御琴どもの調べ変へず待たせたまはむや。ひき違ふることもはべりぬべき世なれば、うしろめたくこそ」など、まほにはあらねど、うちにほはしおきて出でたまふ。

○物語の流れ

柏木が世を去って一年がたった。生まれてきた赤子には罪はない。何も知らずに日に日に大きくなっていく。光源氏は、本当の父親を知らないその子の供養の分もとの思いもあって、一周忌の法要には、心を込めた布施に加えて黄金百両を寄進した。夕霧も親友のために追善供養の法要を主催する。事情を知らぬ柏木の両親は感謝をするとともに、先だった我が子を思い涙を新たにする。さらに半年の時間がたって季節は秋を迎える。

夕霧は柏木の遺言を守って、女二宮の一条邸を時々見舞っていた。この日一条邸を訪れると、ちょうど琴を弾いていたところ。秋のしみじみとした夕べである。夕霧は、このところ人の出入りも多く、子供たちで騒がしい我が家と引き比べて風情を感じる。虫や鳥などが賑やかに集まる時に使われる「すだく」という言葉で子供たちを形容しているあたりに、非日常に憧れる夕霧の心情が透けて見える。

一条邸ではいつも夕霧の相手をするのは、母の一条御息所《いちじょうのみやすんどころ》であった。この日は先ほどまで演奏していた楽器が残され、柏木が得意としていた和琴を落葉宮《おちばのみや》が弾いていたらしい。落葉宮の演奏を所望する夕霧に、御息所は、伯牙絶絃《はくがぜつげん》の故事のように、このところほとんど手も触れないという。それでも「女宮たちのとりどりの御琴ども試みきこえたまひしにも、かやうの方はおぼめかしからずものしたまふ」という言葉に、一層心を動かす夕霧であった。琵琶を取り寄せて想夫恋を弾き、落葉宮も押し切られるように、終わりの一節を合わせる。夕霧は琴と同じように自分の心が落葉宮と通い合った思いであっただろうか。

この場面のあと、夕霧は柏木の遺愛の笛を託されて帰宅する。六条院をたずね光源氏にその笛のことを語ると、もともとは皇室由来の笛だから自分が預かろうという。光源氏は、我が子の成長を見ることなく亡くなった柏木の無念を思い、この笛を幼い若君に伝えてやろうと思ったのではないか。

○『蒙求』伯牙絶絃

列子に曰く、伯牙善く琴を鼓き、鐘子期善く聴く。伯牙琴を鼓き、志、高山に在り。子期曰く、「善きかな、峩峩乎として泰山の若し。」志、流水に在り。子期曰く、「善きかな、洋洋兮として江河の若し。」伯牙念ずる所、子期必ず之を得。呂氏春秋に曰く、鐘子期死し、伯牙琴を破り絃を絶ち、終身復た琴を鼓かず。以為へらく、為に鼓くに足る者無し、と。

○文学史への展開

『蒙求《もうぎゅう》』は、中国の幼学書。唐の李瀚《りかん》撰。書名は『易経《えききょう》』の「童蒙我に求む」による。古代から南北朝時代までの古人の伝記・言行で相似するものを二つずつ四字韻句とし、八句ごとに韻をかえたもの。四字韻句の標題部分を説明するために注釈が付加された。また、四字句は基本的に、人名二字とその人物を象徴する二字からなる。「伯牙絶絃」とは、琴を得意としていた「伯牙《はくが》」が、自身の琴を善《よ》く理解してくれた友人鐘子期《しょうしき》の死にあって、「絃」を「絶」って二度と弾かなかったことを言う。親友のことを知音《ちいん》というのも、この故事に由来する。

また四字句は内容の近いものを組み合わせて、一対とされている。この部分は「向秀聞笛、伯牙絶絃」で一対である。竹林の七賢の一人「向秀《しょうしゅう》」は、同じく七賢の嵆康《けいこう》が処刑された後、嵆康の旧居近くで「聞」いた「笛」の音に感動して『思旧賦《しきゅうのふ》』を作ったという話である。『源氏物語』では亡くなった柏木が和琴の名人で、柏木がいなくなって管絃の遊びが物足りないとしばしば言われており、柏木が残していった横笛の話も出てくるので、時宜に叶った故事の引用である。

『蒙求』に話を戻すと、四字句一対で最もよく知られたものが「孫康映雪、車胤聚蛍」で、「孫康《そんこう》」が「雪」に「映」じる光で、「車胤《しゃいん》」が「蛍」の光を「聚」めて、共に刻苦勉励したという話である。また、夏目漱石の号の由来となった「孫楚漱石」や、白眼視のもととなった「阮籍青眼」なども著名なものである。平安時代の文学作品と『蒙求』の関係を示す例を挙げれば、『伊勢物語』の六十段、六十二段の、離れていった妻の短慮をたしなめる話は「買妻恥醮」と共通するし、『枕草子』の大進生昌《なりまさ》の段は「于公高門」を踏まえたものである。

七　鈴虫巻と紫式部の祖父藤原雅正

◎鈴虫巻　静かな八月十五夜

今宵は例の御遊びにやあらむと推しはかりて、兵部卿宮渡りたまへり。大将の君、殿上人のさるべきなど具して参りたまへれば、こなたにおはしますと、御琴の音を尋ねてやがて参りたまふ。「いとつれづれにて、わざと遊びとはなくとも、久しく絶えにたるめづらしき物の音など聞かまほしかりつる独り琴を、いとよう尋ねたまひける」とて、宮も、こなたに御座よそひて入れたてまつりたまふ。内裏の御前に、今宵は月の宴あるべかりつるを、とまりてさうざうしかりつるに、この院に人々参りたまふと聞き伝へて、これかれ上達部なども参りたまへり。虫の音の定めをしたまふ。

御琴どもの声々掻き合はせて、おもしろきほどに、「月見る宵の、いつとてもものあはれならぬをりはなき中に、今宵の新たなる月の色には、げになほわが世の外までこそよろづ思ひ流さるれ。故権大納言、何のをりをりにも、亡きにつけていとど偲ばるること多く、公私、もののをりふしのにほひ失せたる心地こそすれ。花鳥の色にも音にも思ひわきまへ、言ふかひある方の、いとうるさかりしものを」などのたまひ出でて、みづからも、掻き合はせたまふ御琴の音にも、袖濡らしたまひつ。御簾の内にも耳とどめてや聞きたまふらむと、片つ方の御心には思しながら、かかる御遊びのほどにはまづ恋しう、内裏などにも思し出でける。「今宵は鈴虫の宴にて明かしてむ」と思しのたまふ。

御土器二わたりばかり参るほどに、冷泉院より御消息あり。御前の御遊びにはかにとまりぬるを口惜しがりて、左大弁、式部大輔、また人々率ゐて、さるべき限り参りたれば、大将などは六条院にさぶらひたまふと聞こしめしてなりけり。

「雲の上をかけはなれたる住みかにももの忘れせぬ秋の夜の月

同じくは」と聞こえたまへれば、「何ばかり所狭き身のほどにもあらずながら、今はのどやかにおはしますに、参り馴るることもをさをさなきを、本意なきことに思しあまりておどろかさせたまへる、かたじけなし」とて、にはかなるやうなれど参りたまはむとす。

月かげはおなじ雲居に見えながらわが宿からの秋ぞかはれる

異なることなかめれど、ただ昔今の御ありさまの思しつづけられけるままなめり。御使に盃賜ひて、禄いと二なし。

人々の御車次第のままに引きなほし、御前の人々立ちこみて、静かなりつる御遊び紛れて、出でたまひぬ。院の御車に、親王たてまつり、大将、左衛門督、藤宰相など、おはしける限り皆参りたまふ。直衣にて軽らかなる御よそひどもなれば、下襲ばかりたてまつり加へて、月ややさしあがり、更けぬる空おもしろきに、若き人々、笛などわざとなく吹かせたまひなどして、忍びたる御参りのさまなり。うるはしかるべきをりふしは、所狭くよだけき儀式を尽くして、かたみに御覧ぜられたまふ。また、いにしへのただ人ざまに思しかへりて、今宵は軽々しきやうに、ふとかく参りたまへれば、いたう驚き待ち喜びきこえたまふ。

○物語の流れ

更に時は流れる。女三宮が出家をしてから、それは柏木が世を去ってからと言い換えることもできるが、二年半の歳月が経過した。「夏の頃、蓮の花の盛りに」六条院では女三宮の持仏開眼供養が盛大に催された。本尊の阿弥陀仏、脇士の菩薩をはじめ、六道の衆生のための六部の経、仏具の一つ一つに至るまで配慮の行き届いたものであった。当日は親王たちも大勢参列し、当代の帝からの布施なども豪勢を極め、六条院の正夫人の仏事にふさわしい大規模なものであった。父朱雀院《すざくいん》は存命で女三宮への配慮を欠かさず、兄である帝、准太上天皇である夫の支援を受けて、悠々自適の出家生活に入るのであろう。季節は進み、秋には女三宮の住まいの前庭に秋の虫が放たれ、静かな日常が戻ってきたようである。

掲出したのは八月十五日、穏やかさを取り戻した六条院に、蛍兵部卿宮《ほたるひょうぶきょうのみや》や夕霧が訪れて来た場面である。例年のように中秋の管絃の遊びとなるが、こうした場に柏木がいないのはなんとも寂しいもの、光源氏の言葉は、その場に居合わせた人々の共通の思いであっただろう。誰もが喪失の思いを抱きつつも、残された人々には、これまでとおなじような日々が展開するのである。若菜下巻の後半から柏木巻への波乱の展開が、徐々に静かに幕を下ろそうとしているのであろうか。それとも次の嵐の前の静けさであろうか。

○紫式部の祖父藤原雅正の和歌

・『後撰和歌集』巻一、春上、四二番、四三番

松のもとにこれかれ侍りて花をみやりて　坂上是則

ふか緑ときはの松の影にゐてうつろふ花をよそにこそ見れ

藤原雅正

花の色はちらぬまばかりふるさとにつねには松のみどりなりけり

・同、巻四、夏、二一一番、二一二番

月ごろわづらふことありて、まかりありきもせで、までこぬよしいひてふみのおくに　つらゆき

花もちり郭公さへいぬるまで君にもゆかずなりにけるかな

返し　藤原雅正

はな鳥の色をもねをもいたづらに物うかる身はすぐすのみなり

・同、巻六、秋中、三二五番

八月十五夜　藤原雅正

いつとても月見ぬ秋はなきものをわきて今夜のめづらしきかな

・同、巻七、秋下、三九四番、三九五番

となりにすみ侍りける時、九月八日伊勢が家の菊にわたをきせにつかはしたりければ、又のあしたをりてかへすとて

伊勢

かずしらず君がよはひをのばへつつなだたるやどのつゆとならなん

返し　藤原雅正

露だにも名だたるやどの菊ならば花のあるじやいくよなるらん

○文学史への展開

紫式部の父は漢学者藤原為時《ためとき》である。その漢詩文の力によって一条天皇（藤原道長と伝えるものもある）の心を動かし、小国淡路守から大国越前守へと替わったことは、『古事談《こじだん》』『今昔物語集《こんじゃくものがたりしゅう》』『十訓抄《じっきんしょう》』など多くの説話集に見えて、有名な話である。また曽祖父堤中納言《つつみちゅうなごん》藤原兼輔《かねすけ》は、醍醐《だいご》天皇に親近するとともに、当時の歌壇の中心人物の一人として、紀貫之《きのつらゆき》をはじめとする歌人たちの後ろ盾であった。紫式部の最も誇りとするところであっただろう。その兼輔の代表歌「人の親の心は闇にあらねども子を思ふ道にまどひぬるかな」は『源氏物語』の重要な場面で繰り返し引用されている。

この二人の間でかすみがちなのが、兼輔の子で、為時の父、紫式部には祖父に当たる藤原雅正《まさただ》である。従三位権中納言の子に生まれながら従五位下刑部大輔にとどまり、三十六歌仙の一人で勅撰集に五十首以上取られた父と比べると歌人としての業績もあまり多くない。それでも『後撰和歌集』に選ばれた歌は味わい深いものが多い。ここでは四首を掲出したが、そのうち二一二番、三二五番の二首は、鈴虫巻の八月十五夜の場面に集中して引用されている。紫式部にとっては、父や曽祖父同様に尊敬できる存在であったと思われ、そうした思いがこの場面の表現につながった可能性もある。

八　夕霧巻と『竹取物語』

◎夕霧巻　夕霧・雲井雁夫婦のいさかい

大将殿は、この昼つ方、三条殿におはしにける、今宵たち返りまでたまはむに、事しもあり顔に、まだきに聞き苦しかるべしなど念じたまひて、いとなかなか年ごろの心もとなさよりも、千重にものを思ひ重ねて嘆きたまふ。北の方は、かかる御歩きの気色ほの聞きて、心やましと聞きゐたまへるに、知らぬやうにて君達もてあそび紛らはしつつ、わが昼の御座に臥したまへり。

宵過ぐるほどにぞこの御返り持て参れるを、かく例にもあらぬ鳥の跡のやうなれば、とみにもえ見解きたまはで、御殿油近う取り寄せて見たまへば、女君、もの隔てたるやうなれど、いと疾く見つけたまうて、這ひ寄りて、御うしろより取りたまうつ。「あさましう。こはいかにしたまふぞ。あな、けしからず。六条の東の上の御文なり。今朝風邪おこりてなやましげにしたまへるを、院の御前にはべりて出でつるほど、またも参でずなりぬれば、いとほしさに、今の間いかにと聞こえたりつるなり。見たまへよ、懸想びたる文のさまか。さてもなほなほしの御さまや。年月に添へていたう侮りたまふこそうれたけれ。思はむところを、むげに恥ぢたまはぬよ」とうちうめきて、惜しみ顔にもひこじろひたまはねば、さすがにふとも見で、持たまへり。

「年月にそふる侮らはしさは、御心ならひなべかめり」とばかり、かくうるはしだちたまへるに憚りて、若やかにをかしきさましてのたまへば、うち笑ひて、「そはともかくもあらむ。世の常のことなり。またあらじかし、よろしうなりぬる男の、かくまがふ方なく一つ所を守らへて、もの怖ぢしたる鳥のせうの物のやうなるは。いかに人笑ふらむ、さるかたくなしき者に守られたまふは、御ためにもたけからずや。あまたが中になほ際まさりことなるけぢめ見えたるこそ、よそのおぼえも心にくく、わが心地もなほ古りがたく、あはれなる筋もをかしきことも絶えざらめ。かく翁のなにがし守りけむやうに、おれまどひたれば、いとぞ口惜ししき。いづこのはえかあらむ」と、さすがにこの文の、気色なくをこつり取らむの心にて、あざむき申したまへば、いとにほひやかにうち笑ひて、「もののはえばえしさ作り出でたまふほど、古りぬる人苦しや。いといまめかしくなり変れる御気色のすさまじさも、見ならはずなりにけることなれば、いとなむ苦しき。かねてよりならはしたまはで」とかこちたまふも憎くはあらず。「にはかにと思すばかりには何ごとか見ゆらむ。いとうたてある御心の隈かな。よからずもの聞こえ知らする人ぞあるべき、あやしう、もとよりまろをばゆるさぬぞかし。なほかの緑の袖のなごり、侮らはしきにことつけて、もてなしたてまつらむと思ふやうあるにや。いろいろ聞きにくきことども ほのめくめり。あいなき人の御ためにも、いとほしう」などのたまへど、つひにあるべきことと思せば、ことにあらがはず。

○物語の流れ

夕霧《ゆうぎり》巻は、内容的には横笛《よこぶえ》巻を、時間的には鈴虫《すずむし》巻を、受け継ぐ形で進められる。親友であり義兄であった柏木《かしわぎ》の未亡人である落葉宮《おちばのみや》の境遇に対する夕霧の同情が、次第に愛情へと変化してゆく過程は横笛巻で示唆的に描かれていた。この問題が一巻の主題として浮上してくることになる。この巻の冒頭に「まめ人の名をとりて」と記されているように、生真面目な性格・人柄もあって、夕霧は光源氏の子供でありながら、一巻の主人公となることはなかった。同世代の柏木が早々と恋物語の主役を張ったのと対照的である。満を持して夕霧の物語が始まる。新しい巻、新しい物語への穏やかな導入として、横笛巻以来の夕霧の心情をたどりながら、落葉宮の母御息所《みやすんどころ》の病悩、郊外小野への転地療養、相変わらずの夕霧の厚情などが最初に語られる。そして「八月中の十日ばかりなれば」と夕霧が小野を訪れる場面から物語が本格的に始まる。八月十五夜の鈴虫巻の静謐な場面がそのまま続くような静かな物語の幕開きである。

「野辺のけしきもをかしきころ」であり、洛中に比べると郊外は「あはれも興まさる」雰囲気であった。目指す母子の小野の住まいは「はかなき小柴垣もゆゑあるさまにしなして」落ち着いた雰囲気であった。洛中からの距離の遠さと、御息所の病の心配などを口実に夕霧は今夜はここにとどまることにする。夕暮れの薄暗さにも助けられて、伝言を告げる女房にそっと付いていって落葉宮に近づくのであった。静から動への展開は、読者も落葉宮も予想できないものであった。かき口説く夕霧に落葉宮は固く心を閉ざす。結局、夕霧は落葉宮を口説き落とすことができずに翌朝帰洛する。このまま膠着状態が続くかと思われたが、昨夜の夕霧の行動が加持祈禱《かじきとう》の律師によって御息所に報告され、一挙に物語の展開が激しくなる。落葉宮、夕霧、律師、御息所、これらの人々の間に交わされる言葉や思いが錯綜し肥大化していく。さらに夕霧から手紙が届けられるに及んで、御息所は事実を確かめよう、夕霧の真意を見極めようと、直々に夕霧に手紙を寄越すことになる。そしてその手紙が、夕霧の妻雲井雁《くもいのかり》に奪われ、心ならずも夕霧が御息所への手紙に返事を書けない、黙殺する形となって悲劇につながるのである。

掲出したのはこの場面、夕霧が御息所からの手紙を読んでいるのを、後ろから忍び寄った雲井雁が奪い取る箇所、国宝『源氏物語絵巻』ではその瞬間を見事に絵画化している。このあと、夕霧からの返事が来ないため、娘は軽く扱われたと悲観した御息所は、思い詰めたあまり病勢が急変、亡くなってしまう。夫に続いて母も失い、八方塞がりの落葉宮は夕霧に従うより他はないのだが、夕霧はその落葉宮の悲しみにうまく寄り添うことはできない。一方、雲井雁は夫の仕打ちが許せず、父致仕太政大臣邸に戻ってしまう。世間体を気にする夕霧にとっては、ほろ苦い「まめ人」の恋の結末であった。

○『竹取物語』かぐや姫の昇天

立てる人どもは、装束のきよらなること物にも似ず。飛ぶ車一つ具したり。羅蓋《らがい》さしたり。その中に、王とおぼしき人、家に、「みやつこまろ、まうで来」といふに、猛く思ひつるみやつこまろも、物に酔ひたる心地して、うつぶしに伏せり。いはく、「汝、幼き人。いささかなる功徳を、翁つくりけるによりて、汝が助けにとて、かた時のほどとてくだししを、そこらの年ごろ、そこらの黄金賜ひて、身を変へたるがごとなりにたり。かぐや姫は罪をつくりたまへりければ、かく賤しきおのれがもとに、しばしおはしつるなり。罪の限りはてぬれば、かく迎ふるを、翁は泣き嘆く。あたはぬことなり。はや返したてまつれ」といふ。

翁答へて申す、「かぐや姫をやしなひたてまつること二十余年になりぬ。『かた時』とのたまふに、あやしくなりはべりぬ。また異所にかぐや姫と申す人ぞおはしますらむ」といふ。「ここにおはするかぐや姫は、重き病をしたまへば、えいでおはしますまじ」と申せば、その返りごとはなくて、屋の上に飛ぶ車を寄せて、「いざ、かぐや姫、穢き所に、いかでか久しくおはせむ」といふ。立て籠めたる所の戸、すなはちただあきにあきぬ。格子どもも、人はなくしてあきぬ。嫗抱きてゐたるかぐや姫、外にいでぬ。えとどむまじければ、たださし仰ぎて泣きをり。

○文学史への展開

『竹取物語《たけとりものがたり》』は作者不詳ながら、『源氏物語』の中で「物語のいできはじめのおや」（絵合巻《えあわせ》）と呼ばれている。日本にも中国にもいくつもの先行説話・類似説話が存在しているが、この物語の作品の構造としては、難題婿の説話を量的に拡大し質的に改良した五人の貴公子の求婚譚と、天人羽衣説話を根底としたかぐや姫の流離譚とを組み合わせたものが骨格をなしている。掲出したのは、後者の部分、かぐや姫を必死に守ろうとする竹取の翁（造麻呂）と嫗の夫婦の手を離れて、かぐや姫が昇天する場面である。『源氏物語』の注釈書『河海抄《かかいしょう》』（四辻善成《よつつじのよしなり》作）では「かく翁のなにがし守りけむやうに、おれまどひたれば」の夕霧の言葉を『竹取物語』を踏まえたものだとしている。

九　御法巻と僧正遍昭の哀傷歌

◎御法巻　死に向かう紫の上

三宮は、あまたの御中に、いとをかしげにて歩きたまふを、御心地の隙には前に据ゑたてまつりたまひて、人の聞かぬ間に、「まろがはべらざらむに、思し出でなむや」と聞こえたまへば、「いと恋しかりなむ。まろは、内裏の上よりも宮よりも、母をこそまさりて思ひきこゆれ、おはせずは心地むつかしかりなむ」とて、目おしすりて紛らはしたまへるさまをかしければ、ほほ笑みながら涙は落ちぬ。（中略）

秋待ちつけて、世の中すこし涼しくなりては、御心地もいささかはやぐやうなれど、なほともすればかごとがまし。さるは身にしむばかり思さるべき秋風ならねど、露けきをりがちにて過ぐしたまふ。中宮は参りたまひなむとするを、いましばしは御覧ぜよとも聞こえまほしう思せども、さかしきやうにもあり、内裏の御使の隙なきもわづらはしければ、さも聞こえたまはぬに、あなたにもえ渡りたまはねば、宮ぞ渡りたまひける。かたはらいたけれど、げに見たてまつらぬもかひなしとて、こなたに御しつらひをことにせさせたまふ。こよなう痩せ細りたまへれど、かくてこそ、あてになまめかしきことの限りなさもまさりてめでたかりけれと、来し方あまりにほひ多く、あざあざとおはせし盛りは、なかなかこの世の花のかをりにもよそへられたまひしを、限りもなくらうたげにをかしげなる御さまにて、いとかりそめに世を思ひたまへる気色、似るものなく心苦しく、すずろにもの悲し。風すごく吹き出でたる夕暮に、前栽見たまふとて、脇息によりゐたまへるを、院渡りて見たてまつりたまひて、「今日は、いとよく起きゐたまふめるは。この御前にては、こよなく御心もはればれしげなめりかし」と聞こえたまふ。かばかりの隙あるをも、いとうれしと思ひきこえたまへる御気色を見た

まふも心苦しく、つひにいかに思し騒がむと思ふに、あはれなれば、
おくと見るほどぞはかなきともすれば風にみだるる萩のうは露
げにぞ、折れかへりとまるべうもあらぬ、よそへられたるをりさへ忍びがたきを、
ややもせば消えをあらそふ露の世におくれ先だつほど経ずもがな
とて、御涙を払ひあへたまはず。宮、
秋風にしばしとまらぬ露の世をたれか草葉のうへとのみ見む
と聞こえかはしたまふ御容貌ども、あらまほしく、見るかひあるにつけても、かくて千年を過ぐすわざもがな、と思さるれど、心にかなはぬことなれば、かけとめむ方なきぞ悲しかりける。「今は渡らせたまひね、乱り心地いと苦しくなりはべりぬ。言ふかひなくなりにけるほどといひながら、いとなめげにはべりや」とて、御几帳ひき寄せて臥したまへるさまの、常よりもいと頼もしげなく見えたまへば、いかに思さるるにかとて、宮は御手をとらへたてまつりて、泣く泣く見たてまつりたまふに、まことに消えゆく露の心地して、限りに見えたまへば、御誦経の使ども数も知らずたち騒ぎたり。さきざきもかくて生き出でたまふをりにならひたまひて、御もののけと疑ひたまひて夜一夜さまざまのことをし尽くさせたまへど、かひもなく、明けはつるほどに消えはてたまひぬ。

○物語の流れ

柏木と女三宮の不義とその露見、秘密の子の誕生とそれを我が子として育てる光源氏、責任を取るかのような女三宮の出家と柏木の死、柏木の死から派生した落葉宮と夕霧の恋愛事件。この五年の間にめまぐるしいほどの変化が光源氏の周辺で起こっていた。その淵源ともいえる柏木と女三宮の事件は、紫の上が大病を患い、光源氏が付きっきりで看護をしている間のことであった。紫の上は半年後に漸く小康状態となったものの、その後も回復することはなかったようである。

外界では、時に激しく、時に静かに、一つの事件が別の新たな事件を呼び起こす、さまざまな変化が相次いでいた。紫の上は病を養ひつつ、それらのできごとを遠い世界のことのように見ていたのであろうか。

　御法《みのり》巻は「紫の上、いたうわづらひたまひし御心地の後、いとあつしくなりたまひて、そこはかとなくなやみわたりたまふこと久しくなりぬ。いとおどろおどろしうはあらねど、年月重なれば、頼もしげなく、いとどあえかになりまさりたまへるを、院の思ほし嘆くこと限りなし」と語り出される。この数年の間に紫の上の体は少しずつだが確実に病にむしばまれていた。発病から五年目の春、「年ごろ、私の御願にて書かせたてまつりたまひける法華経千部、急ぎて供養じたまふ。わが御殿と思す二条院にてぞしたまひける」と記される。「三月の十日なれば、花盛りにて、空のけしきなどもうららかにものおもしろく、仏のおはすなる所のありさま遠からず思ひやられて、ことなる深き心もなき人さへ罪を失ひつべし」と書かれており、法要のめでたさが繰り返し賛美されるが、「急ぎて」とあるように、紫の上は残された時間が少ないことを感じ取っていたのである。法要に参加した明石の君や花散里《はなちるさと》とも、これが最後との思いで歌を詠み交わす。悩み、悩まされ、つらい思いを与え、与えられた人々とも、別れとなると不思議な懐かしさと寂しさが交錯したであろう。

　最後の力を振り絞った法華経千部供養の直後から、紫の上は再度重病の床についた。京都盆地の夏の暑さは一層病を進めさせた。明石中宮もまた夏の間ずっと内裏を留守にして継母紫の上の看病に努めた。そうした中で紫の上の心を慰めてくれるのは中宮の三宮の存在であった。この宮がもう少し成長するのを見られないのが今の紫の上には一番つらいこと。その紫の上を見守る誰もが、この夏を凌いでほしいという思いで秋の訪れを待っていたであろう。引用の冒頭「秋待ちつけて」は一見平凡な表現であるが、光源氏をはじめ、紫の上周辺の人々の偽らざる強い思いであった。それでも紫の上の死は確実に迫っていた。とある秋の夕方、光源氏と明石中宮と三人で歌を詠み交わしたのが、紫の上の最後の一日となったのである。三人の歌にあるように、露が消えるように静かに世を去ったのであった。

○僧正遍昭の哀傷歌

ふかくさの山にをさめたてまつるを、おもひまゐらせけむほどおもひやるべし
うつせみはからをみつつもなぐさめつけぶりだにたてふかくさのやま
ゆふぐれにくものいとはかなげにすがくをみはべりて、つねよりもあはれにはべりしかば
ささがにのそらにすがくもおなじことまたきやどにもいくよかはふる
よのはかなさのおもひしられはべりしかば
すゑのつゆもとのしづくやよのなかのおくれさきだつためしなるらん
など、おもひつづけられ、まかりありありきしほどに、としもかへり、もろともに見し殿上人人あるはつかさかうぶりたまはりなどして、かはらにいでておほんぶくぬぎしところにあやしのどうじしてつかはしし
みな人は花のころもになりぬなりこけのたもとよかわきだにせよ

○文学史への展開

僧正遍昭《そうじょうへんじょう》は六歌仙の一人。俗名は良岑宗貞《よしみねのむねさだ》。父は桓武《かんむ》天皇の子で大納言左大将まで進んだ良岑安世《よしみねのやすよ》。宗貞は仁明《にんみょう》天皇に仕えて、蔵人、左少将、従五位上と順調に官位を進めたが、仁明天皇の崩御にあい出家をした。掲出した和歌は遍昭の歌集『遍昭集』から、その経緯を歌物語のようにまとめた部分である。亡骸をお納めした日から、蜘蛛を見ても、露を見ても世の無常が感じられ、一周忌があけ、人々が日常の生活に戻った後も、墨染めの衣は涙に濡れたままであると締めくくる。歌群冒頭の「うつせみは」の和歌は『古今和歌集』では勝延僧都《しょうえんそうず》の歌で藤原基経《もとつね》の死を悼んだものと記されている。ただ、仁明天皇の御陵は伏見区深草にあるから、この歌群の中に置かれると一層胸を打つものになる。「おくと見る」の光源氏の和歌は遍昭の「すゑのつゆ」の和歌を踏まえたものであろう。

十　幻巻と『後撰和歌集』

春深くなりゆくままに、御前のありさまいにしへに変らぬを、めでたまふ方にはあらねど、静心なく、何ごとにつけても胸いたう思さるれば、おほかたこの世の外のやうに、鳥の音も聞こえざらむ山の末ゆかしうのみ、いとどなりまさりたまふ。山吹などの心地よげに咲き乱れたるも、うちつけに露けくのみ見なされたまふ。

ほかの花は一重散りて、八重咲く花桜盛り過ぎて、樺桜は開け、藤はおくれて色づきなどこそすめるを、その遅く疾き花の心をよく分きて、いろいろを尽くして植ゑおきたまひしかば、時を忘れずにほひ満ちたるに、若宮、「まろが桜は咲きにけり。いかで久しうちらさじ。木のめぐりに帳を立てて、帷子を上げずは、風もえ吹き寄らじ」と、かしこう思ひえたり、と思ひてのたまふ顔のいとうつくしきにも、うち笑まれたまひぬ。「おほふばかりの袖求めけむ人よりは、いとかしこう思し寄りたまへりかし」など、この宮ばかりをぞもて遊びに見たてまつりたまふ。「君に馴れきこえむことも残りすくなしや。命といふもの、いましばしかかづらふべくとも、対面はえあらじかし」とて、例の、涙ぐみたまへれば、いとものしと思して、「母ののたまひしことを、まがまがしうのたまふ」とて、伏目になりて、御衣の袖を引きまさぐりなどしつつ、紛らはしおはす。（中略）

さみだれは、いとどながめ暮らしたまふよりほかのことなく、さうざうしきに、十日あまりの月はなやかにさし出でたる雲間のめづらしきに、大将の君御前にさぶらひたまふ。花橘の月影にいときはやかに見ゆる薫りも、追風なつかしければ、千代をならせる声もせなむと待たるるほどに、にはかに立ち出づる村雲のけしきいとあやにくにて、おどろおどろしう降り来る雨に添ひて、さと吹く風に燈籠も吹きまどはして、空暗き心地するに、「窓をうつ声」など、めづらしからぬ古言をうち誦じたまへるも、をりからにや、妹が垣根におとなはせまほしき御声なり。（中略）

九月になりて、九日、綿おほひたる菊を御覧じて、

もろともにおきゐし菊の朝露もひとり袂にかかる秋かな

神無月は、おほかたも時雨がちなるころ、いとどながめたまひて、夕暮の空のけしきにも、えも言はぬ心細さに、「降りしかど」と独りごちおはす。雲居をわたる雁の翼も、うらやましくまもられたまふ。

大空をかよふまぼろし夢にだに見えこぬ魂の行方たづねよ

何ごとにつけても、紛れずのみ月日にそへて思さる。（中略）

落ちとまりてかたはなるべき人の御文ども、破れば惜し、と思されけるにや、すこしづつ残したまへりけるを、もののついでに御覧じつけて、破らせたまひなどするに、かの須磨のころほひ、所どころより奉りたまひけるもある中に、かの御手なるは、ことに結ひあはせてぞありける。みづからしおきたまひけることなれど、久しうなりにける世のことと思すに、ただ今のやうなる墨つきなど、げに千年の形見にしつべかりけるを、見ずなりぬべきよと思せば、かひなくて、疎からぬ人々二三人ばかり、御前にて破らせたまふ。いと、かからぬほどのことにてだに、過ぎにし人の跡と見るはあはれなるを、ましていとどかきくらし、それとも見分かれぬまで降りおつる御涙の水茎に流れ添ふを、人もあまり心弱しと見たてまつるべきが、かたはらいたうはしたなければ、押しやりたまひて、

死出の山越えにし人をしたふとて跡を見つつもなほまどふかな（中略）

こまやかに書きたまへるかたはらに、

かきつめて見るもかひなし藻塩草おなじ雲居の煙とをなれ

と書きつけて、みな焼かせたまひつ。

○物語の流れ

紫の上を失った光源氏の悲しみは深い。新しい年が巡ってきても、光源氏の心は暗く閉ざされたままである。幻《まぼろし》巻は、紫の上の死の翌年の一年間の光源氏の姿を、季節を追い、月を追って描き出す巻である。

年が明けても、年賀に訪れた誰にも会う気持ちになれず、ただ一人心を許せる弟の蛍兵部卿宮《ほたるひょうぶきょうのみや》とは対面したが、そこでも口を突いて出てくるのは「わが宿は花もてはやす人もなしなににか春のたづね来つらむ」という言葉であった。春を愛し、花をもてはやした人の不在は、それほどまでに大きなものであった。光源氏の悲しみを慰めるため、明石中宮は内裏に帰参するときも、紫の上が一番かわいがった若宮（匂宮《におうのみや》）を二条院にしばらく残していった。紫の上遺愛の桜が美しく開いたころ、なんとかしてこの桜を散らさないようにしようと幼い頭で考える若宮の存在が、今の光源氏の慰めである。心が弱くなった光源氏は、この若宮とこうして桜を見るのも今回限りかと思う。「亡くなった母様（紫の上）と同じことをおっしゃる」と若宮は涙ぐむが、伏し目がちに一生懸命涙を隠そうとする姿がいじらしい。

夏、五月雨のころ、昔を思い出させる花橘やほととぎすは紫の上をしのぶよすがである。『白氏文集《はくしもんじゅう》』の詩句を口ずさむ光源氏の声は相変わらず美しいがそれを聞く紫の上はもういない。秋、九月九日、着せ綿をした菊の露でともに長生きをしようと願った日々は遠い過去のことのようで、一人残されて老いの涙に暮れる光源氏であった。

初冬十月、北国に帰る雁の群れを見ると、紫の上のいる常世の国に行くのではないかとうらやましく思う。このときの光源氏の歌が巻名の由来である。「幻」は幻術士、『長恨歌《ちょうごんか》』で楊貴妃《ようきひ》の魂を尋ねて行ったとされる。『源氏物語』の第一巻桐壺巻は、桐壺更衣を失った桐壺帝の深い悲しみを『長恨歌』を重ね合わせながら描いていた。それから五十余年、同じ悲しみが桐壺帝と更衣の子である光源氏を襲う。人の思い、人の悲しみは、繰り返されながら歴史という時を刻んでいくのであろうか。この物語の作者は、桐壺巻と幻巻で、円環する時間を描こうとしていると思われる。

光源氏の最後の仕事は、紫の上と交わした手紙の整理である。紫の上の筆跡は、つい今し方書いたばかりのようで、あらためて涙に暮れるが、これも思い出す自分がいてこそのもの。少しずつ破らせ、少しずつ火にくべる。人が消え、思い出す人が消え、思い出す品物が消え、最後は無になるということをこの物語は書こうとしているのであろうか。

○『後撰和歌集』からの引歌

おほぞらにおほふばかりの袖もがな春さく花を風にまかせじ（春中、六四番、よみ人しらず）

色かへぬ花橘に郭公ちよをならせるこゑきこゆなり（夏、一八六番、よみ人しらず）

もろともにおきゐし秋のつゆばかりかからん物と思ひかけきや（哀傷、一四〇八番、玄上朝臣女）

やればをしやらねば人に見えぬべしなくなくも猶かへすまされり（雑二、一一四三番、もとよしのみこ）

物思ふとすぐる月日もしらぬまにことしはけふにはてぬとかきく（冬、五〇六番、藤原敦忠朝臣）

○文学史への展開

幻巻は、光源氏の悲しみに寄り添う叙情的な巻であるから、表現を効果的にするために引歌の使用が多い。事件性の高い叙事的な巻、たとえば若菜上下巻《わかなのじょうげ》とは対照的である。ここでは掲出した幻巻の場面だけでも、『後撰和歌集《ごせん》』から多くの和歌が引用されている。この巻の引歌率の高さが分かろう。『後撰和歌集』は梨壺の五人が撰進した二番目の勅撰和歌集。日常に即した和歌が多く選ばれ、規範となる『古今和歌集』とはまた違った意味で、物語に多く影響を与えた。最後の一首は、光源氏生前最後の歌「もの思ふと過ぐる月日も知らぬ間に年もわが世も今日ぞつきぬる」の背景となったもの。『源氏物語』正編最後の引歌でもある。

十一　匂宮巻と『うつほ物語』

◎匂宮巻　光源氏亡き後の人々

光隠れたまひにし後、かの御影に立ちつぎたまふべき人、そこらの御末々にありがたかりけり。おりゐの帝をかけたてまつらむはかたじけなし、当代の三宮、その同じ御殿にて生ひ出でたまひし宮の若君と、この二所なむとりどりにきよなる御名取りたまひて、げにいとなべてならぬ御ありさまどもなれど、いとまばゆき際にはおはせざるべし。ただ世の常の人ざまに、めでたくあてになまめかしくおはするをもととして、さる御仲らひに、人の思ひきこえたるもてなしありさまも、いにしへの御ひびきけはひよりも、やや立ちまさりたまへるおぼえからなむ、かたへはこよなういつくしかりける。紫の上の御心寄せことにはぐくみきこえたまひしゆゑ、三宮は二条院におはします。春宮をば、さるやむごとなきものにおきたてまつりたまて、帝、后いみじうかなしうしたてまつり、かしづききこえさせたまふ宮なれば、内裏住みをせさせたてまつりたまへど、なほ心やすき古里に住みよくしたまふなりけり。御元服したまひては兵部卿宮と聞こゆ。女一宮は、六条院の南の町の東の対を、その世の御しつらひあらためずおはしまして、朝夕に恋ひしのびきこえたまふ。（中略）

さまざま集ひたまへりし御方々、泣く泣くつひにおはすべきすみかどもに、おのおの移ろひたまひしに、花散里と聞こえしは、東の院をぞ、御処分所にて渡りたまひにける。入道宮は、三条宮におはします。今后は、内裏にのみさぶらひたまへば、院の内さびしく人少なになりにけるを、右大臣、「人の上にて、いにしへの例を見聞くにも、生ける限りの世に、心をとどめて造り占めたる人の家居の、名残なくうち棄てられて、世のならひも常なく見ゆるは、いとあはれに、はかなさ知らるるを、わが世にあらむ限りだに、この院荒らさず、ほとりの大路など、人影かれはつまじう」と思しのたまはせて、丑寅の町に、かの一条宮を渡したてまつらせたまひてなむ、三条殿と、夜ごとに十五日づつ、うるはしう通ひ住みたまひける。

二条院とて造り磨き、六条院の春の御殿とて世にののしりし玉の台も、ただ一人の末のためなりけりと見えて、明石御方は、あまたの宮たちの御後見をしつつ、あつかひきこえたまへり。大殿は、いづ方の御事をも、昔の御心おきてのままに、改めかはることなく、あまねき親心に仕うまつりたまふにも、対の上のかやうにてとまりたまへらましかば、いかばかり心を尽くして仕うまつり見えたてまつらまし、つひに、いささかも、取り分きてわが心寄せと見知りたまふべきふしもなくて過ぎたまひにしことを、口惜しう、飽かず悲しう思ひ出できこえたまふ。天の下の人、院を恋ひきこえぬなく、とにかくにつけても、世はただ火を消ちたるやうに、何ごともはえなき嘆きせぬをりなかりけり。（中略）

二品宮の若君は、院の聞こえつけたまへりしままに、冷泉院の帝、とりわきて思しかしづき、后宮も、皇子たちなどおはせず、心細う思さるるに、うれしき御後見に、まめやかに頼みきこえたまへり。御元服なども、院にてせさせたまふ。十四にて、二月に侍従になりたまふ。秋、右近中将になりて、御賜ばりの加階などをさへ、いづこの心もとなきにか、急ぎ加へておとなびさせたまふ。（中略）

源中将、この宮には常に参りつつ、御遊びなどにも、きしろふ物の音を吹きたて、げにいどましくも、若きどち思ひかはしたまうつべき人ざまになむ。例の、世人は、匂兵部卿、薫中将と、聞きにくく言ひ続けて、そのころよきむすめおはするやむごとなき所どころは、心ときめきに、聞こえごちなどしたまふもあれば、宮は、さまざまに、をかしうもありぬべきわたりをばのたまひ寄りて、人の御けはひありさまをも気色とりたまふ。

○物語の流れ

幻巻は、光源氏が年が明ければ出家しようと思う場面で閉じられていた。亡き紫の上を思いながら仏道三昧《ざんまい》の日々に入るのであろう。何年か後には光源氏も紫の上のいる世界に旅立ち、光源氏の物語は完全に終わる。その光源氏の最期の日々は描かれていない。いつのころからか、雲隠《くもがくれ》という名前のみの巻が仮定され、光源氏の死を暗示するだけである。しかし一人の英雄が亡くなっても歴史が続くように、光源氏が亡くなっても、光源氏の所属していた世界の時間は続く。読者からの要請もあったのだろうか、光源氏死後も物語が続くことになる。光源氏生前の物語を正編、死後の物語を続編という言い方もなされる。続編十三帖のうち、分量的にも内容的にもその中心であるのが、宇治十帖《うじじゅうじょう》と呼ばれる巻々である。この宇治十帖と、光源氏の物語とをつなぐように位置するのが、匂宮三帖《におうのみやさんじょう》とも呼ばれる、匂宮《におうのみや》・紅梅《こうばい》・竹河《たけかわ》の三巻である。

　匂宮三帖では、光源氏の物語で語られていた人々のその後が描かれる。光源氏と同世代の頭中将《とうのちゅうじょう》（致仕《ちじ》太政大臣《だじょうだいじん》）や蛍兵部卿宮《ほたるひょうぶきょうのみや》は姿を消している。その子供たち第二世代からは柏木《かしわぎ》の弟の大納言、玉鬘《たまかずら》たち、更にその下の世代第三世代からは明石中宮の三宮、女三宮（と柏木の間）の子の若君のその後の様子が描かれる。ただ後日譚的な傾向が強く、物語としては大きな動きはないまま終わっている。また文章の巧拙に関しては、一般的な注釈書でも「過剰かつ空疎な引歌技巧や待遇的修辞法など、この物語全編を通じて異質」（新編日本古典文学全集）「わずか一行をへだてて『見たてまつらばやと思ひ歩くに』の語が反復され冗漫」（同）などの厳しい意見もある。その結果、この三帖については国文学者石田穣二のように作者別人説をとるものもある。

　ただ作者が別人であっても、いや別人であればなおさら、他の巻々すなわち正編と宇治十帖とを矛盾無くつなぐことに留意するであろうから、正編の人々のその後が分かりやすい形で提示されることとなる。また、私たちが当然のように使用している（本書でも用いる）続編の二人の男主人公の呼称、匂宮（匂兵部卿宮）と薫《かおる》というおなじみの二つの名前は、この匂宮三帖にだけ見えるのである。

○『うつほ物語』楼の上上巻

殿は、一月を、二十五日はこなた、今五夜をば宮の御方、この対などには通ひたまうて、昼もこなたにのみおはするを、尚侍の殿「なほ、これなむいと見苦しく見たてまつる。今は心静かに、時々は行ひもしてあらむ。宮の思すらむこともあり。これよろしきに聞こえたまへ」と、大将に聞こえたまへば、（中略）「一方にのみおはしますは、いとものしきやうに侍り。こなたに十日、宮の御方に十日、今十日を三ところにおはしまさせむ」と聞こえたまへば、（中略）「いとあやしく、果てはあるまじきことをさへものせらるる（中略）」とのたまへば、尚侍、「（中略）人々もつれづれに眺めたまふらむ。さてうち通ひたまひておはせば、よくなむあるべき。左のおとどは、宮、大殿、いとうるはしくこそ、十五夜づつおはしつつ、子ども、いづれともなく思ひかしづきたまへ（中略）」など、せちに聞こえたまへば（後略）

○文学史への展開

『うつほ物語』は作者不詳、十世紀後半に成立した、『源氏物語』以前では唯一の長編物語である。右の文章は、中略が多くやや分かりにくいので説明を加える。右大臣兼雅《かねまさ》には多くの夫人がいるが、この頃は俊蔭《としかげ》の娘である尚侍《ないしのかみ》のもとにばかりいるので、尚侍が宮（女三宮）などに気を遣い、子息の仲忠《なかただ》が「こちらに十日、宮に十日、その他の方々に十日」としたらどうかと父の兼雅に意見をする。それでも兼雅は「妙なことを言う」と取り合わないので、今度は尚侍自身が「ほかの女性方は所在なくぼんやりとしていらっしゃるでしょう。左大臣正頼《まさより》様は、毎月十五日ずつきちんきちんと宮様、大殿様のお二人のところに通っていらっしゃる」と述べる場面である。尚侍の謙譲の美徳をたたえる表現であるが、十日ずつ機械的に分けたり、二人のもとに十五日ずつ通うのが公平であるという『うつほ物語』の記述は、文学的表現としては優れているとは言いがたいものである。ところが『源氏物語』匂宮巻の夕霧《ゆうぎり》は、表現もそっくりに「十五日づつ、うるはしう通ひ住みたまひける」と記されている。このあたりにもこの巻の問題が露呈しているかもしれない。

十二　橋姫巻と和歌の引用

◎橋姫巻　薫と宇治の姉妹の邂逅

秋の末つ方、四季にあてゝしたまふ御念仏を、この川面は網代の波もこのごろはいとど耳かしがましく静かならぬをとて、かの阿闍梨の住む寺の堂に移ろひたまひて、七日のほど行ひたまふ。姫君たちは、いと心細くつれづれまさりてながめたまひけるころ、中将の君、久しく参らぬかなと思ひ出できこえたまひけるままに、有明の月のまだ夜深くさし出づるほどに出で立ちて、いと忍びて、御供に人などもなく、やつれておはしけり。川のこなたなれば、舟などもわづらはで、御馬にてなりけり。入りもてゆくままに霧りふたがりて、道も見えぬ繁き野中を分けたまふに、いと荒ましき風の競ひに、ほろほろと落ち乱るる木の葉の露の散りかかるもいと冷やかに、人やりならずいたく濡れたまひぬ。かかる歩きなども、をさをさならひたまはぬ心地に、心細くをかしく思されけり。

山おろしにたへぬ木の葉の露よりもあやなくもろきわが涙かな

山がつのおどろくもうるさしとて、随身の音もせさせたまはず、柴の籬を分けつつ、そこはかとなき水の流れどもを踏みしだく駒の足音も、なほ忍びてと用意したまへるに、隠れなき御匂ひぞ、風に従ひて、主知らぬ香とおどろく寝覚めの家々ありける。

近くなるほどに、そのこととも聞きわかれぬ物の音ども、いとすごげに聞こゆ。常にかく遊びたまふと聞くを、ついでなくて、みやの御きむの音の名高きもえ聞かぬぞかし、よきをりなるべし、と思ひつつ入りたまへば、琵琶の声の響きなりけり。黄鐘調に調べて、世の常の掻き合はせなれど、所からにや耳馴れぬ心地して、掻きかへす撥の音も、ものきよげ

におもしろし。箏の琴、あはれになまめいたる声して、絶え絶え聞こゆ。（中略）

あなたに通ふべかめる透垣の戸を、すこし押し開けて見たまへば、月をかしきほどに霧りわたれるをながめて、簾を短く巻き上げて人々ゐたり。簀子に、いと寒げに、身細く萎えばめる童女一人、同じさまなる大人などゐたり。内なる人一人は、柱にすこしゐ隠れて、琵琶を前に置きて、撥を手まさぐりにしつつゐたるに、雲隠れたりつる月のにはかにいと明くさし出でたれば、「扇ならで、これしても、月は招きつべかりけり」とて、さしのぞきたる顔、いみじくらうたげにほひやかなるべし。添ひ臥したる人は、琴の上にかたぶきかかりて、「入る日を返す撥こそありけれ、さま異にも思ひ及びたまふ御心かな」とて、うち笑ひたるけはひ、いますこし重りかによしづきたり。「及ばずとも、これも月に離るるものかは」など、はかなきことを、うちとけのたまひかはしたるけはひども、さらによそに思ひやりしには似ず、いとあはれになつかしうをかし。昔物語などに語り伝へて、若き女房などの読むをも聞くに、かならずかやうのことを言ひたる、さしもあらざりけむと憎く推しはかるるを、げにあはれなるものの隈ありぬべき世なりけりと、心移りぬべし。

霧の深ければ、さやかに見ゆべくもあらず。また、月さし出でなむと思すほどに、奥の方より、「人おはす」と告げきこゆる人やあらむ、簾おろして皆入りぬ。おどろき顔にはあらず、なごやかにもてなして、やをら隠れぬるけはひども、衣の音もせず、いとなよよかに心苦しうて、いみじうあてにみやびかなるを、あはれと思ひたまふ。

○物語の流れ

はるか昔、朱雀《すざく》帝の時代、光源氏は二十代の後半で朧月夜尚侍《おぼろづきよのないしのかみ》との恋愛沙汰で失脚、朱雀帝の母弘徽殿大后《こきでんのたいこう》は藤壺腹の春宮（後の冷泉《れいぜい》帝）を廃そうと画策していたことがあった。その時、代わりの春宮に擬せられたのが朱雀帝や光源氏の異腹の弟八宮《はちのみや》である。本人の意向ではなく、弘徽殿や右大臣たちの思惑であったが、後に光源氏が復権すると、弘徽殿たちにつながっていたと思われ、苦しい立場に置かれた。世間から見捨てられたような寂しい日々であったが、北の方と二人身を寄せ合うように暮らしていた。不幸は続き、その北の方も二人目の女の子の出産の時に世を去る。八宮は北の方の菩提を弔いながら二人の幼子を育てることになる。追い打ちをかけるように洛中の本邸が火事で焼失、再建もままならないまま宇治の山荘に身を寄せる。そこで宇治山の阿闍梨《あじゃり》と出会い、ますます仏道三昧の日々を送るようになる。この間に、冷泉帝も譲位、紫の上も光源氏も世を去り、今上と明石中宮の時代となっていた。ここで物語は現在につながってくる。

世間から忘れられていた八宮だが、仏を厚く信仰し仏典の理解にも優れていることが、宇治山の阿闍梨から都にもたらされ、自分自身の出生の不安から厭世的な気持を持っていた薫の耳にとまる。薫がはるばる宇治を訪ねたところ、八宮の仏教の造詣の深さに感銘し、またその人柄にも惹かれて、二人の親交が始まる。

薫がしばしば宇治を訪ねるようになって、早くも三年の月日がたっていた。晩秋、いつものように宇治に出かけると、八宮の屋敷の方から、美しい琴の音色が聞こえてくる。弾いているのは、美しく成長した八宮の二人の姫君、大君《おおいきみ》・中君《なかのきみ》の姉妹であった。耳を傾けるのは若き貴公子の薫。国宝『源氏物語絵巻』にも描かれている美しい構図、まさしく「昔物語などに語り」伝えられるにふさわしい場面である。ここから、新たな物語が始まるのである。

○『源氏物語』に引用される歌、『源氏物語』を踏まえた歌

・『古今和歌集』巻四、秋上、二四一番

ふぢばかまをよめる　　　そせい

ぬししらぬかこそにほへれ秋ののにたがぬぎかけしふぢばかまぞも

・『新古今和歌集』巻十八、雑下、一八〇三番

述懐百首歌よみける時、紅葉を　　　皇太后宮大夫俊成

嵐ふく嶺の紅葉の日にそへてもろくなり行く我が涙かな

・『長秋詠藻』一五五番

堀河院御時百首題を述懐によせて読みける歌、保延六、七年のころの事にや（中略）

紅葉

嵐ふく峰のもみぢの日にそへてもろく成りゆくわが涙かな

○文学史への展開

『源氏物語』は先行する多くの文学作品の成果を受け継ぎ、また後続する文学作品には、それ以上の甚大な影響を与えている。そのなかでも影響関係を明瞭に辿りやすいものが和歌である。『源氏物語』は先行する和歌を文章の中にちりばめて表現の重層構造の確立を図る。そこに引用される先行歌は「引歌《ひきうた》」と呼ばれる。『源氏物語』における引歌の役割が大きいことは、『源氏釈《げんじしゃく》』『奥入《おくいり》』などの、最初の注釈書が、その大部分を引歌の考察に当てていることから推測出来よう。

一方、後代の歌人たちは、自身の和歌に『源氏物語』の世界を重ね合わせることで、表現に奥行きを与えようとした。こちらは「源氏取り」「影響歌」「受容歌」など様々な名前で呼ばれる。

ここでは、八代集を代表する『古今和歌集』と『新古今和歌集』から、それぞれ引歌と源氏取りの歌を挙げておいた。生まれながらにして不思議な芳香が身に備わっている薫の「隠れなき御匂ひぞ、風に従ひて、主知らぬ香とおどろく寝覚めの家々ありける」の部分は、前掲の素性《そせい》の和歌を踏まえたもの。『古今和歌六帖《こきんわかろくじょう》』『和漢朗詠集《わかんろうえいしゅう》』などにも採られ、人口に膾炙《かいしゃ》したものである。秋の七草を詠んだものとして、父の遍昭《へんじょう》の「名にめでてをれるばかりぞをみなへし我おちにきと人にかたるな」（『古今和歌集』巻四、秋上、二二六番）と並び賞されるもので、誰もがこの場面、この文章を読むと、ただちに想起することのできる名歌である。一方、『新古今和歌集』の源氏取りの歌の方は、「源氏見ざる歌詠みは遺恨のことなり」と述べた藤原俊成《しゅんぜい》らしく、この場面の薫の心情を見事に再現して見せたものである。

十三　椎本巻と『和漢朗詠集』

かの行ひたまふ三昧、今日にはてぬらむと、いつしかと待ちきこえたまふ夕暮に、人参りて、「今朝よりなやましくてなむ、え参らぬ。風邪かとて、とかくつくろふとものするほどになむ。さるは、例よりも対面心もとなきを」と聞こえたまへり。胸つぶれて、いかなるにかと思し嘆き、御衣ども綿厚くて急ぎせさせたまひて、奉れなどしたまふ。二三日は下りたまはず。いかにいかにと人奉りたまへど、「ことにおどろおどろしくはあらず、そこはかとなく苦しくなむ。すこしもよろしくならば、いま、念じて」など、言葉にて聞こえたまふ。（中略）

八月二十日のほどなりけり。おほかたの空のけしきもいとどしきころ、君たちは、朝夕霧の晴るる間もなく、思し嘆きつつながめたまふ。有明の月のいとはなやかにさし出でて、水の面もさやかに澄みたるを、そなたの蔀上げさせて、見出だしたまへるに、鐘の声かすかに響きて、明けぬなりと聞こゆるほどに、人来て、「この夜なかばかりになむ亡せたまひぬる」と泣く泣く申す。心にかけて、いかにとは絶えず思ひきこえたまへれど、うち聞きたまふには、あさましくものおぼえぬ心地して、いとどかかることには、涙もいづちか去にけむ、ただうつぶし臥したまへり。いみじきことも、見る目の前にて、おぼつかなからぬこそ常のことなれ、おぼつかなさ添ひて、思し嘆くことことわりなり。しばしにても、後れたてまつりて、世にあるべきものと思しならはぬ御心地どもにて、いかでかは後れじと泣き沈みたまへど、限りある道なりければ、何のかひなし。（中略）

◎椎本巻　八宮の死

中納言殿には聞きたまひて、いとあへなく口惜しく、いま一たび心のどかにて聞こゆべかりけること多う残りたる心地して、おほかた世のありさま思ひつづけられていみじう泣いたまふ。「またあひ見むこと難くや」などのたまひしを、なほ常の御心にも、朝夕の隔て知らぬ世のはかなさを、人よりけに思ひたまへりしかば、耳馴れて、昨日今日と思はざりけるを、かへすがへす飽かず悲しく思さる。阿闍梨のもとにも、君たちの御とぶらひも、こまやかに聞こえたまふ。かかる御とぶらひなど、また訪れきこゆる人だになき御ありさまなれば、ものおぼえぬ御心地どもにも、年ごろの御心ばへのあはれなめりしなどをも思ひ知りたまふ。世の常のほどの別れだに、さし当たりては、またたぐひなきやうにのみ皆人の思ひまどふものなめるを、慰む方なげなる御身どもにて、いかやうなる心地どもしたまふらむと思しやりつつ、後の御わざなど、あるべきことども推しはかりて、阿闍梨にもとぶらひたまふ。ここにも、老人どもにことよせて、御誦経などのことも思ひやりきこえたまふ。

明けぬ夜の心地ながら、九月にもなりぬ。野山のけしき、まして袖の時雨をもよほしがちに、ともすればあらそひ落つる木の葉の音も、水の響きも、涙の滝も、ひとつもののやうにくれまどひて、かうてはいかでか、限りあらむ御命も、しばしめぐらひたまはむと、さぶらふ人々は心細く、いみじく慰めきこえかねつつ思ひまどふ。ここにも念仏の僧さぶらひて、おはしましし方は、仏を形見に見たてまつりつつ、時々参り仕うまつりし人々の、御忌に籠りたるかぎりは、あはれに行ひて過ぐす。

○物語の流れ

仏道の先達としての八宮《はちのみや》への尊敬の念から始まった薫《かおる》の宇治通いであったが、美しい姉妹の存在もまた薫の心を引きつけた。加えて自分の出生の秘密を知っている弁という老女房が八宮家に仕えていることを知り、薫と宇治とのつながりは一層深まっていった。姉妹の個性はそれぞれ異なり、ものしずかな姉大君《おおいきみ》、はなやかな妹中君《なかのきみ》であるが、薫は次第に大君に惹かれていく。こうした薫の宇治通いを知っている親友の匂宮《におうのみや》も姉妹に興味を持ち、椎本巻《しいがもと》で初瀬《はつせ》詣《もう》での帰りに宇治に滞在、これを契機に中君に文を送るようになる。冷泉院《れいぜい》と今上の信頼厚い薫と、今上の愛子の匂宮、この二人と宇治の姉妹とのやりとりは、世の中から取り残されていた八宮家を現実の世界に引き戻すような形となった。ただ、父の八宮は零落したわが宮家と、都の貴公子との不釣り合いを心配していた。仏道の友であり、また人柄も信頼出来る薫は別としても。姉妹には、くれぐれも軽々しい結婚をして身を誤ったり、家名を傷つけることのないようにと述べていたのであった。そしてこの言葉が後々大君の心を支配することになる。

八宮の心配は、自らの寿命を悟ってのことであった。薫が宇治の姉妹の琴を聴いてから一年後の秋のこと、八宮は阿闍《あじゃ》梨《り》の山寺に参籠する。念仏三昧の山籠りも今日で終わろうかと姉妹が首を長くして待っていたころ、八宮が病の床に臥したという知らせがもたらせられる。秋も深まった山は寒いであろう、大急ぎで綿入れなどを届けさせるが、姉妹の心配も届かず、八宮は宮邸に戻ることなく逝去したのである。最後の対面すらできなかった姉妹の悲しみは深い。薫も突然のことに驚き悲しむが、心を込めた弔問の使いを送る。他に頼る人とてない姉妹は改めて、この人の誠実さ優しさが心にしみるのである。

○『**和漢朗詠集**』無常

年年歳歳花相似たり　歳歳年年人同じからず　宋之問

蝸牛の角の上に何事をか争ふ　石火の光の中に此の身を寄す　白

生ある者は必ず滅す　釈尊未だ栴檀の煙を免れず

楽しみ尽きて哀しみ来たる　天人猶ほ五衰の日に逢へり　江

朝に紅顔有つて世路に誇れども　暮に白骨と為つて郊原に朽ちぬ　義孝少将

秋の月の波の中の影を観ずと雖も　未だ春の花の夢の裏の名を遁れず　江

世の中を何にたとへむあさぼらけ漕ぎゆく舟のあとのしらなみ　沙弥満誓
手にむすぶ水にやどれる月影のあるかなきかの世にこそありけれ　貫之
すゑの露もとのしづくや世の中のおくれさき立つためしなるらむ　良僧正

○文学史への展開

『和漢朗詠集《わかんろうえいしゅう》』は一条朝きっての才人藤原公任《きんとう》の選。「朗詠」するにたる「和」歌二一六首と、「漢」詩文五八七首の、秀句佳句を選んだものである。全二巻、上巻は春夏秋冬の四季の部、下巻は、風、雲、松、竹、閑居、行旅、述懐、慶賀、祝、恋、などの様々な主題からなる。上巻も、立春・立秋から三月尽・九月尽といったん季節の中の時間を追った後、鶯や花（桜）や紅葉や雁の個別の主題をまとめている。季節の中の時間の流れとその中の風物を巧みに組み合わせる『古今和歌集』以来の勅撰和歌集の基本形とは多少異なった編纂である。あるいは春夏秋冬の四季の部以外に雑春、雑秋などを立てた『拾遺《しゅうい》和歌集』に通じるものがあろうか。ただ、和歌の舟、漢詩文の舟、管絃の舟のいずれに乗るのかが注目された、いわゆる三舟の才を謳われた藤原公任にしてみれば、一流の歌人のあかしである勅撰和歌集の編纂よりも、三才、特に和漢兼才のすべてを投入できる『和漢朗詠集』こそが、畢生の作品であったと言えようか。この『和漢朗詠集』では、漢詩文で最も多く選ばれているのは白居易《はっきょい》、和歌で最も多く選ばれているのは紀貫之《きのつらゆき》である。それは公任の評価であるが、一方で当時の評判の高さを知る手がかりでもある。

　掲出したのは、巻下の巻末近く、無常の主題の下にまとめられたもの。最初に漢詩文を掲出し、後半が和歌になるのが、この『和漢朗詠集』の形式である。白は白居易、江は大江朝綱《おおえのあさつな》である。少将藤原義孝《よしたか》の漢詩が、八宮の訃報を聞いた薫の心中を描写した「朝夕の隔て知らぬ世のはかなさを」の表現のもととなったものである。また、最後の良僧正《りょうそうじょう》（遍昭）の和歌は、幻《まぼろし》巻で光源氏が最後に紫の上と詠み交わした歌の引歌《ひきうた》でもあった。

十四　総角巻と『伊勢集』

◎総角巻　八宮の一周忌

あまた年耳馴れたまひにし川風も、この秋はいとはしたなくもの悲しくて、御果てのこといそがせたまふ。おほかたのあるべかしきことどもは、中納言殿、阿闍梨なむ仕うまつりたまひける。（中略）みづからも参でたまひて、今はと脱ぎ棄てたまふほどの御とぶらひ、浅からず聞こえたまふ。阿闍梨もここに参れり。名香の糸ひき乱りて、「かくても経ぬる」など、うち語らひたまふほどなり。結びあげたるたたりの、簾のつまより几帳の綻びに透きて見えければ、そのことと心得て、「わが涙をば玉にぬかなむ」とうち誦じたまへる、伊勢の御もかうこそはありけめと、をかしう聞こゆるも、内の人は、聞き知り顔にさし答へたまはむもつつましうて、「ものとはなしに」とか、貫之がこの世ながらの別れをだに、心細き筋にひきかけけむをなど、げに古言ぞ人の心をのぶるたよりなりけるを思ひ出でたまふ。

御願文つくり、経、仏供養せらるべき心ばへなど書き出でたまへる硯のついでに、客人、

あげまきに長き契りをむすびこめおなじ所によりもあはなむ

と書きて、見せたてまつりたまへれば、例のことうるさけれど、

ぬきもあへずもろき涙の玉の緒に長き契りをいかがむすばむ

とあれば、「あはずは何を」と、恨めしげにながめたまふ。

みづからの御上は、かくそこはかとなくもて消ちて恥づかしげなるに、すがすがともえのたまひよらで、宮の御事をぞまめやかに聞こえたまふ。「さしも御心に入るまじきことを、かやうの方にすこし進みたまへる御本性にて、聞こえそめ

たまひけむ負けじ魂にやと、とざまかうざまに、いとようなむ御気色を見たてまつる。まことにうしろめたくはあるまじげなるを、などかうあながちにしもて離れたまふらむ。世のありさまなど思しわくまじくは見たてまつらぬを、うたて遠々しくのみもてなさせたまへば、かばかりうらなく頼みきこゆる心に違ひて、恨めしくなむ。ともかくも思しわくらむさまなどを、さはやかにうけたまはりにしがな」と、いとまめだちて聞こえたまへば、「違へきこえじの心にてこそは、かうまであやしき世の例なるありさまにて、隔てなくもてなしはべれ。それを思しわかざりけるこそは、浅いこともまじりたる心地すれ。げにかかる住まひなどに、心あらむ人は、思ひ残すことはあるまじきを、何ごとにも後れそめにけるうちに、こののたまふめる筋は、いにしへも、さらにかけて、とあらばかからばなど、行く末のあらましごとにとりまぜて、のたまひ置くこともなかりしかば、なほかかるさまにて、世づきたる方を思ひ絶ゆべく思しおきてける、となむ思ひあはせはべれば、ともかくも聞こえむ方なくて。さるは、すこし世籠りたるほどにて、深山隠れには心苦しく見えたまふ人の御上を、いとかく朽木にはなし果てずもがなと、人知れずあつかはしくおぼえはべれど、いかなるべき世にかあらむ」と、うち嘆きてもの思ひ乱れたまひけるほどのけはひいとあはれげなり。（中略）

姫宮は、人の思ふらむことのつつましきに、とみにもうち臥されたまはで、頼もしき人なくて世を過ぐす身の心憂きを、ある人どもも、よからぬこと何やかやと、次々に従ひつつ言ひ出づめるに、心より外のことありぬべき世なめり、と思しめぐらすには、この人の御けはひありさまの、疎ましくはあるまじう、故宮も、さやうなる御心ばへあらばと、をりをりのたまひ思すめりしかど、みづからはなほかくて過ぐしてむ、我よりはさま容貌も盛りにあたらしげなる中の宮を、人並々に見なしたらむこそうれしからめ、人の上になしては、心のいたらむ限り思ひ後見てむ、みづからの上のもてなしは、また誰かは見あつかはむ、この人の御さまの、なのめにうち紛れたるほどならば、かく見馴れぬる年ごろのしるしに、うちゆるぶ心もありぬべきを、恥づかしげに見えにくき気色も、なかなかいみじうつつましきに、わが世はかくて過ぐし果てても、と思ひつづけて、音泣きがちにて明かしたまへるも、名残いとなやましければ、中の宮の臥したまへる奥の方に添ひ臥したまふ。

○物語の流れ

掲出した場面はこの巻の巻頭である。八宮《はちのみや》がなくなって一年近いが、姉妹の悲しみは癒えることはない。一周忌の準備などにつけても薫《かおる》の親切はありがたく、あらためてこの人の誠意に感謝するのであった。ただ大君《おおいきみ》は、薫が何かにつけて自分への好意や恋情を示すのが煩わしくはあった。大君としては自分よりも妹の中君《なかのきみ》と一緒になって、妹を幸せにしてくれればという思いである。

物語はこのあと思いがけない展開を見せる。薫は大君に何度も言い寄るが、大君の心を動かすことは出来ない。薫が信頼出来る人であればあるほど、妹の中君を託し、自分はそれを支える側に回りたい。それが軽々しい結婚をするなとの父の遺言を守り、妹を幸せにする道だと思っているからである。大君の態度にしびれを切らせた薫は、匂宮《におうのみや》と中君を結びつけることによって大君の考えを変えさせようとする。

姉妹には秘密で、独断でお膳立てをした薫であったが、黒衣《くろこ》に徹して、姫君や女房たちの衣装に気を配り、新婚三日目の夜匂宮が母明石中宮に禁足されかけたのも、身を挺して送り出してやった。ところがその後も父帝母中宮の監視が厳しく匂宮は宇治を訪れることができない。父の遺言もあって、大君の心配と不信は募るばかりである。

十月初旬、匂宮は宇治での紅葉狩を計画した。姉妹のところに連絡もあり、久し振りの来訪を期待していた。ところが、伯父夕霧《ゆうぎり》の命を受けた従兄弟たちが供に加わり、八宮家の対岸の夕霧の別荘の滞在となり、中君には手紙が届けられただけであった。目の前まで来ていながら、黙殺されたような形の姉妹の落胆は大きく、妹を守れなかったという心労のあまり大君は病の床につく。決定的になったのは、匂宮が夕霧の婿に取られるという噂である。光源氏の長男にして最高実力者の夕霧の娘と結婚すれば、中君は棄てられることに等しい。思い詰めた大君はほとんど食事も取らずに急激に衰えていった。急を聞いて駆けつけた薫に看取られながら大君は息を引き取るのである。

○『伊勢集』四八三番、温子の死

このきさいの宮つねにあつしくおはしましけるを、つひに六月八日ぞなくならせたまひにける、あさましくいらなくかなしく、つかうまつりし人さながらあつまりてなきわぶるに、のちのちのわざのいそぎにやうやうなりぬ、あめいたくふるひ、このみをこころうしといひし人はざうしになむをりける、うへの人人あつまりて御わざのくみのいとをなむよりける、しもなる人、いとはよりいでたまへりやと、いまはなにわざをかしたまふといひたれば、あめをながめてなむとぞいひあひたりける、うへのごたちのかへりごとに、いとはよりはてて、いまはねなんよりあはせてなきはべるといへりければ、しもなる人

よりあはせてなくらんこゑをいとにしてわがなみだをばたまにぬかなむ

○文学史への展開

伊勢は、伊勢守・大和守などを歴任した従五位上藤原継蔭《つぐかげ》の娘。宇多《うだ》上皇の中宮温子《おんし》に仕えた。女房名の「伊勢」は父の官職による。摂関家の藤原時平《ときひら》・仲平《なかひら》兄弟や、宇多上皇、敦慶《あつよし》親王らに愛されたのは、その歌才もあったであろう。『古今和歌集』に二十二首とられたのは女性歌人として最多であり、また『古今』『後撰』『拾遺』の三代集合計で百首を超えた女性歌人も他になく、長期間にわたって評価が高かったことが窺われる。総角《あげまき》巻の本文中で「伊勢《いせ》の御《ご》」と呼ばれているのは、宇多上皇の寵を受け、御子を生んだことによるが、この子は早世したらしい。伊勢が敦慶親王との間にもうけた中務《なかつかさ》、その子の伊勢大輔《いせのたいふ》、その子の康資王母《やすすけおうのはは》と、四代にわたり歌人として名を馳せた。掲出したのは、伊勢が最も親しく仕えた温子中宮の死に際して詠んだ名歌である。

十五　早蕨巻と『拾遺和歌集』

◎早蕨巻　宇治を離れる中君

かしこにも、よき若人、童など求めて、人々は心ゆき顔にいそぎ思ひたれど、今はとてこの伏見を荒らし果てむも、いみじく心細ければ、嘆かれたまふこと尽きせぬを、さりとても、また、せめて心ごはく、絶え籠りてもたけかるまじく、「浅からぬ仲の契りも、絶え果てぬべき御住まひを、いかに思しえたるぞ」とのみ恨みきこえたまふも、すこしはことわりなれば、いかがすべからむと思ひ乱れたまへり。

二月の朔日ごろとあれば、ほど近くなるままに、花の木どものけしきばむも残りゆかしく、峰の霞の立つを見棄てむことも、おのが常世にてだにあらぬ旅寝にて、いかにはしたなく人笑はれなることもこそなどよろづにつつましく、心ひとつに思ひ明かし暮らしたまふ。御服も、限りあることとなれば脱ぎ棄てたまふに、禊も浅き心地ぞする。親一所は、見たてまつらざりしかば、恋しきことも思ほえず、その御代りにも、この度の衣を深く染めむと、心には思しのたまへど、さすがにさるべきゆゑもなきわざなれば、飽かず悲しきこと限りなし。

中納言殿より、御車、御前の人々、博士など奉れたまへり。

　はかなしや霞の衣たちしまに花のひもとくをりも来にけり

げにいろいろいときよらにて奉れたまへり。御渡りのほどのかづけ物どもなど、ことことしからぬものから、品々に細やかに思しやりつつ、いと多かり。「をりにつけては、忘れぬさまなる御心寄せのありがたく、はらからなども、えいとかうまではおはせぬわざぞ」など、人々は聞こえ知らす。あざやかならぬ古人どもの心には、かかる方を心にしめて聞こゆ。

若き人は、時々も見たてまつりならひて、今はと異ざまになりたまはむを、さうざうしく、「いかに恋しくおぼえさせたまはむ」と聞こえあへり。（中略）

道のほどの、遥けくはげしき山道のありさまを見たまふにぞ、つらきにのみ思ひなされし人の御中の通ひを、ことわりの絶え間なりけりと、すこし思し知られける。七日の月のさやかにさし出でたる影、をかしく霞みたるを見たまひつつ、いと遠きに、ならはず苦しければ、うちながめられて、

ながむれば山より出でて行く月も世にすみわびて山にこそ入れ

さま変りて、つひにいかならむとのみ、あやふく、行く末うしろめたきに、年ごろ何ごとをか思ひけむとぞ、とり返さまほしきや。宵うち過ぎてぞおはし着きたる。見も知らぬさまに、目もかかやくやうなる殿造りの、三つば四つばなる中に引き入れて、宮、いつしかと待ちおはしましければ、御車のもとに、みづから寄らせたまひて下ろしたてまつりたまふ。御しつらひなど、あるべき限りして、女房の局々まで、御心とどめさせたまひけるほどしるく見えて、いとあらまほしげなり。いかばかりのことにかと見えたまへる御ありさまの、にはかにかく定まりたまへば、おぼろけならず思さるることなめりと、世人も心にくく思ひおどろきけり。（中略）

花盛りのほど、二条院の桜を見やりたまふに、主なき宿のまづ思ひやられたまへば、「心やすくや」など独りごちあまりて、宮の御もとに参りたまへり。ここがちにおはしましつきて、いとよう住み馴れたまひにたれば、めやすのわざやと見たてまつるものから、例の、いかにぞやおぼゆる心の添ひたるぞ、あやしきや。されど、実の御心ばへは、いとあはれにうしろやすくぞ思ひきこえたまひける。

○物語の流れ

父と姉に先立たれ宇治の屋敷に一人残された中君《なかのきみ》を、早蕨巻《さわらび》では匂宮《におうのみや》は都に呼び寄せる決意をした。大君《おおいきみ》が自分の命と

引き換えに、匂宮の行動の後押しをした形になった。宇治を離れる中君は心細い思いである。この宇治で、父八宮《はちのみや》と姉大君に守られてこれまで過ごしてきたわけであるから、それも当然であろう。都への移住に際しては、御前の人々の配置から、供人への祝儀の品まで、行き届いた薫《かおる》の采配があったのである。侍女たちも薫のありがたい配慮についてあらためて感謝の念を持つ。中君が初めて経験する、宇治から都への道中の長さ、道の険しさは、それらをものともせず通ってくれた匂宮の心を改めて知ることとなった。これもまた二人の心を近づけるに違いない。

中君が身を寄せたのは、あの二条院であった。紫の上が、若き日光源氏との幸せな日々を過ごした場所、女三宮を迎えての六条院の生活に疲れて晩年病を養った場所、紅梅と桜と共に自分を思い出してほしいと最愛の孫に言い残した場所。紫の上の遺言通り、いまでは匂宮がこの邸のあるじである。宇治の暮しに慣れた侍女たちの目には「目も輝くやうなる殿造り」であった。ここで匂宮と中君の新しい日々が始まるのである。その二条院の桜を見て、いまでは主のいなくなった宇治の八宮邸を思い、複雑な気持ちを抱える薫はこれからどうなるのであろう。

○**『拾遺和歌集』巻一、春、五七、五九、六一〜六四番**

天暦御時御屏風に　　藤原清正

ちりぬべき花見る時はすがのねのながきはる日もみじかかりけり

屏風に　　よしのぶ

ちりそむる花を見すててかへらめやおぼつかなしといもはまつとも

延喜御時ふぢつぼの女御歌合のうたに

あさごとにわがはくやどのにはざくら花ちるほどはてもふれで見む

あれはてて人も侍らざりける家に、さくらのさきみだれて侍りけるを見て　　恵慶法師

あさぢはらぬしなきやどの桜花心やすくや風にちるらん

きたの宮のもぎの屏風に　　つらゆき

春ふかくなりぬと思ふをさくら花ちるこのもとはまだ雪ぞふる

亭子院歌合に

さくらちるこのした風はさむからでそらにしられぬゆきぞふりける

○文学史への展開

第三番目の勅撰和歌集『拾遺《しゅうい》和歌集』巻一、春部から、散る桜の歌群の一部を引用した。最初の「ちりぬべき」の和歌を詠んでいる藤原清正《きよただ》は、鈴虫《すずむし》巻で取り上げた藤原雅正《まさただ》の弟で、紫式部の大叔父にあたる。『拾遺和歌集』は、長徳二年（九九六）ころ成立した藤原公任《きんとう》撰の『拾遺抄』十巻を、約十年後に二十巻に増補したものである。この部分も『拾遺抄』と比べると、歌の出入りや前後の入れ替えが見られる。二番目の勅撰和歌集であった『後撰和歌集』がいわゆる褻《け》の歌、日常詠を多く採っているのに対して、屏風歌などの晴《は》れの歌の比率が高くなっており、最初の勅撰和歌集である『古今和歌集』の形に近いものがある。掲出した部分でも、「天暦《てんりやく》御時」の屏風歌や「延喜《えんぎ》御時ふぢつぼの女御」の歌合から和歌を選んでいる。『源氏物語』の本文で薫が「心やすくや」と口ずさんだのは、掲出した恵慶法師《えぎょうほうし》の歌である。

恵慶法師は中古三十六歌仙の一人、生没年未詳。大中臣能宣《おおなかとみのよしのぶ》、清原元輔《きよはらのもとすけ》、紀時文《きのときぶみ》ら梨壺《なしつぼ》の五人の多くと交友があった。源　融《みなもとのとおる》なきあと、荒廃した河原院《かわらのいん》に集った歌人たちの一人で、荒れ果てた宿、忘れられた屋敷と季節の組み合わせを巧みに詠じた。『百人一首』に採られた「八重むぐらしげれる宿のさびしきに人こそ見えね秋は来にけり」が、恵慶の秋の歌を代表するものとすれば、本歌は春の歌として双璧をなすものである。薫はそうした背景をも踏まえて、「主なき宿」の宇治に思いを馳せたのであろう。

十六　宿木巻と小野小町・在原業平

◎宿木巻　中君の不安

左大殿には、六条院の東の御殿磨きしつらひて、限りなくよろづをととのへて待ちきこえたまふに、十六日の月やうやうさし上がるまで心もとなければ、いとしも御心に入らぬことにて、いかならむと安からず思ほして、案内したまへば、「この夕つ方内裏より出でたまひて、二条院になむおはしますなる」と人申す。思す人持たまへればと心やましけれど、今宵過ぎむも人笑へなるべければ、御子の頭中将して聞こえたまへり。

　大空の月だにすめるわが宿に待つ宵すぎて見えぬ君かな

宮は、なかなか今なむとも見えじ、心苦しと思して、内裏におはしけるを、御文聞こえたまへりける、御返りやいかがありけむ、なほいとあはれに思されければ、忍びて渡りたまへりけるなり。らうたげなるありさまを見棄てて出づべき心地もせず、いとほしければ、よろづに契り慰めて、もろともに月をながめておはするほどなりけり。女君は、日ごろもよろづに思ふこと多かれど、いかで気色に出ださじと念じ返しつつ、つれなくさましたまふことなれば、ことに聞きもとがめぬさまに、おほどかにもてなしておはする気色いとあはれなり。中将の参りたまへるを聞きたまひて、さすがにかれもいとほしければ、出でたまはむとて、「いま、いととく参り来む。ひとり月な見たまひそ。心そらなればいと苦し」と聞こえおきたまひて、なほかたはらいたければ、隠れの方より寝殿へ渡りたまふ御後手を見送るに、ともかくも思はねど、ただ枕の浮きぬべき心地すれば、心憂きものは人の心なりけり、と我ながら思ひ知らる。

幼きほどより、心細くあはれなる身どもにて、世の中を思ひとどめたるさまにもおはせざりし人一所を頼みきこえさせて、さる山里に年経しかど、いつとなくつれづれにすごくありながら、いとかく心にしみて世を憂きものとも思ひしらざりしに、うち続きあさましき御事どもを思ひしほどは、世にまたとまりて片時経べくもおぼえず、恋しく悲しきことのたぐひあらじと思ひしを、命長くて今までもながらふれば、人の思ひたりしほどよりは、人数にもなるやうなるありさまを、長かるべきこととは思はねど、見る限りは憎げなき御心ばへもてなしなるに、やうやう思ふこと薄らぎてありつるを、このふしの身の憂さはた、言はむ方なく、限りとおぼゆるわざなりけり、ひたすら世になくなりたまひにし人々よりは、さりともこれは、時々もなどかはとも思ふべきを、今宵かく見棄てて出でたまふつらさ、来し方行く先みなかき乱り心細くいみじきが、わが心ながら思ひやる方なく、心憂くもあるかな、おのづからながらへば、など慰めむことを思ふに、さらに姨捨山の月澄みのぼりて、夜更くるままによろづ思ひ乱れたまふ。松風の吹き来る音も、荒ましかりし山おろしに思ひくらぶれば、いとのどかになつかしくめやすき御住ひなれど、今宵はさもおぼえず、椎の葉の音には劣りておぼゆ。

山里の松のかげにもかくばかり身にしむ秋の風はなかりき

来し方忘れにけるにやあらむ。ながめいりておはするを見わづらひて、おい人どもなど、「今は入らせたまひね。月見るは忌みはべるものを。あさましく、はかなき御くだものをだに御覧じ入れねば、いかにならせたまはむ。あな見苦しや。ゆゆしう思ひ出でらるることもはべるを、いとこそわりなく」とうち嘆きて、「この御事よ。さりとも、かうておろかにはよもなり果てさせたまはじ。さ言へど、もとの心ざし深く思ひそめつる仲は、名残なからぬものぞ」など言ひあへるも、様々に聞きにくく、今はいかにもいかにもかけて言はざらなむ、ただにこそ見めと思さるるは、人には言はせじ、我ひとり恨みきこえむとにやあらむ。「いでや、中納言殿のさばかりあはれなる御心深さを」など、そのかみの人々は言ひあはせて、「人の御宿世のあやしかりけることよ」と言ひあへり。

○物語の流れ

二条院で匂宮《におうのみや》との幸せな生活を始めた中君《なかのきみ》であるが、危機が近づいていた。亡き大君《おおいきみ》が心配していたように、夕霧《ゆうぎり》が匂宮を婿にしようと本格的に動き出すのである。思えば、宿木《やどりぎ》巻の時点より約五十年前、二条院で幼い紫の上と過ごす光源氏をじりじりする思いで見ていたのは、左大臣家の葵の上であった。いまその葵の上の子の夕霧が、当時の左大臣に比肩する実力者となって、晩年の紫の上が鍾愛《しょうあい》した匂宮を二条院から連れだそうとする。不思議な巡り合わせであり、同時に既視感に襲われるような場面である。心細さにさいなまれる中君に同情して、薫《かおる》はしばしば二条院に足を運ぶ。亡き大君の願いは自分と中君が結ばれることであったから、薫の心情は単なる同情の域を超えるものがある。中君づきの女房たちの薫びいきは従来からのことであった。

匂宮は夕霧の六の君と結婚して、しばらくは六条院に通っていたが、薫が足繁く二条院を訪れていることに何かを察知したのか、二条院に中君を置き去りにすることを不安に思い、再び中君の許で過ごす時間が多くなった。薫はとんだ道化役者の役回りで、匂宮と中君の結びつきを強めただけである。懐妊中の中君が男児を出産し、初めて父となった喜びも加わり、中君は匂宮の中で一層かけがえのない存在になっていく。こうして匂宮と中君には再び穏やかな時間が戻ってきた。ただ一人薫だけが、今上の女二宮の婿となった今でも、亡き大君を思い心が晴れぬ日々である。そうした薫の姿を見かねた中君は、亡き姉に生き写しの異腹の妹のことを話すのである。

○小野小町と在原業平の和歌

・『小町集』 三六番

中たえたるをとこの、しのびてきてかくれて見けるに、月のいとあはれなるを見て、ねんことこそいとくちをしけれ

とすのこにながむれば、をとこいむなる物をといへば

ひとりねの侘しきままにおきゐつつ月をあはれといみぞかねつる

・『後撰和歌集』巻十、恋二、六八四番

月をあはれといふはいむなりといふ人のありければ　　よみ人しらず

ひとりねのわびしきままにおきゐつつ月をあはれといみぞかねつる

・『伊勢物語』八十八段

むかし、いと若きにはあらぬ、これかれ友だちども集まりて、月を見て、それがなかにひとり、

おほかたは月をもめでじこれぞこのつもれば人の老いとなるもの

・『古今和歌集』巻十七、雑上、八七九番、なりひらの朝臣

おほかたは月をもめでじこれぞこのつもれば人のおいとなるもの

○文学史への展開

小野小町《おののこまち》も在原業平《ありわらのなりひら》も『古今和歌集』の序に見える六歌仙の歌人であり、かつ美女・美男であること、様々な伝説に彩られているなどの共通項がある。『小町集』や『伊勢物語』の所収歌には、伝説によって小町や業平に仮託されたものも多く、勅撰集の『古今和歌集』や『後撰和歌集』に名前が明記されている歌が一番信頼できるという点もよく似ている。

小野小町は生没年未詳。実在の人物との贈答歌などから、九世紀の半ば頃、仁明《にんみょう》朝末期から文徳《もんとく》朝を中心に活動したと思われる。『古今和歌集』には同じ六歌仙の文屋康秀《ふんやのやすひで》への返歌、『後撰和歌集』には同じく僧正遍昭《そうじょうへんじょう》との贈答歌も見られる。掲出歌は『後撰和歌集』では読人知らずとされているから、小町の実作ではないかもしれない。在原業平は天長《てんちょう》二年（八二五）生、元慶《がんぎょう》四年（八八〇）没。男性の官人でもあり、小町に比べれば人生を追うことはたやすいが、それでも二条后高子《たかいこ》や斎宮との恋、東下りなど、史実か虚構かで見解が分かれる。掲出歌は『古今和歌集』にも採られており、自作であることは間違いない。『江家次第《ごうけしだい》』巻一四には、陸奥国に下った業平が小町の髑髏と対面するという話がある。

十七　東屋巻と『和泉式部日記』

◎東屋巻　流浪する浮舟

客人の御出居、さぶらひとしつらひ騒げば、家は広けれど、源少納言、東の対には住む、男子などの多かるに、所もなし。この御方に客人住みつきぬれば、廊などのほとりばみたらむに住ませたてまつらむも飽かずいとほしくおぼえて、とかく思ひめぐらすほど、宮にとは思ふなりけり。

この御方ざまに、数まへたまふ人のなきを、侮るなめりと思へば、ことにゆるいたまはざりしあたりを、あながちに参らす。乳母、若き人々二三人ばかりして、西の廂の、北に寄りて人げ遠き方に局したり。年ごろかくはるかなりつれど、疎く思すまじき人なれば、参る時は恥ぢたまはず、いとあらまほしく、おかしげにて、若君の御かしづきをしておはする御ありさまの、うらやましくおぼゆるもあはれなり。我も、故北の方には離れたてまつるべき人かは、仕うまつると言ひしばかりに数まへられたてまつらず、口惜しくてかく人には侮らるると思ふには、かく、しひて睦びきこゆるもあぢきなく、かしこには、御物忌と言ひてければ、人も通はず。二三日ばかり母君もゐたり。こたみぞ、心のどかにこの御ありさまを見る。（中略）

絵など取り出でさせて、右近に詞読ませて見たまふに、向ひてもの恥ぢもえしあへず、心に入れて見たまへる火影、さらにここと見ゆる所なく、こまやかにをかしげなり。額つきまみの薫りたる心地して、いとおほどかなるあてさは、ただそれとのみ思ひ出でらるれば、絵はことに目もとどめたまはで、いとあはれなる人の容貌かな、いかでかうしもありけるならむ、故宮にいとよく似たてまつりたるなめりかし、故姫君は宮の御方ざまに、我は母上に似たてまつりたるとこそは、古人どもも言ふめりしか、げに似たる人はいみじきものなりけり、と思しくらぶるに、涙ぐみて見たまふ。かれは、限りなくあてに気高きものから、なつかしうなよよかに、かたはなるまで、なよなよとたわみたるさまのしたまへりしにこそ、これは、またもてなしなどうひうひしげに、よろづのことをつつましうのみ思ひたるけにや、見どころ多かるなまめかしさぞ劣りたる、ゆゑゆゑしきけはひだにもてつけたらば、大将の見たまはむにも、さらにかたはなるまじ、など、このかみ心に思ひあつかはれたまふ。

物語などしたまひつつ、暁方になりてぞ寝たまふ。かたはらに臥せたまひて、故宮の御事ども、年ごろおはせし御ありさまなど、まほならねど語りたまふ。いとゆかしう、見たてまつらずなりにしをいと口惜しう悲しと思ひたり。よべの心知りの人々は、「いかなりけむな、いとらうたげなる御さまを、いみじう思すとも、かひあべいことかは。いとほし」と言へば、右近、「いでさしもあらじ。かの御乳母の、ひき据ゑてすずろに語り愁へし気色、もて離れてぞ言ひし。宮も、逢ひても逢はぬやうなる心ばへにこそうちうそぶき口ずさびたまひしか。いさや、ことさらにもやあらむ、そは知らずかし。よべの灯影のいとおほどかなりしも、事あり顔には見えたまはざりしを」などうちささめきて、いとほしがる。

○物語の流れ

前巻、宿木《やどりぎ》巻巻末近く、八宮《はちのみや》邸改築のため、薫《かおる》は久しぶりに宇治を訪れた。そこで偶然のことから、中君《なかのきみ》の話していた異腹の妹浮舟《うきふね》の姿を垣間見る。大君に生き写しの浮舟は、薫の心を大きく揺さぶり、旧知の弁《べん》の尼《あま》を通して自分が引き取りたい旨を熱心に申し出るのである。

浮舟は、母中将《ちゅうじょう》の君《きみ》の再婚先、前常陸介《ひたちのすけ》のもとで暮らしていた。常陸介には女子が多く、先妻との間の姫君、後妻中将の君の連れ子の浮舟、新たに儲けたその妹たちである。中将の君は浮舟が姉妹の中で埋没するのを哀れに思っていたが、近衛大将《このえのだいしょう》の薫ではあまりに身分が違いすぎるので、左近少将《さこんのしょうしょう》と結婚させようとした。ところが財産家常陸介の婿になるのが目的の少将は、浮舟が実子でないと知ると、その妹に鞍替えしたのである。つらい立場になった浮舟を連れて中将の君が二条院の中君を訪れるというのが、引用した東屋《あずまや》巻の前半部分である。

中略の箇所は以下のような内容である。二条院で中将の君は、匂宮《におうのみや》や薫の高貴な様子に改めて感嘆し、左近少将の小者ぶりに辟易《へきえき》する。今では中将の君は、薫からの申し入れをありがたく思うようになり、中君も薫の希望の旨を改めて語るのである。中将の君は中君に浮舟を託して安心して辞去する。ところが中君のところも安住の地ではなかった。二条院に帰った匂宮が、美しい浮舟の姿を見つけ、中君の妹とも知らずに熱心にかき口説くのである。折しも明石中宮の急病の知らせで、匂宮は急遽参内しなければならなくなり、未練を残しながら二条院を後にする。

後半は、衝撃を受けた浮舟を中君が慰める場面である。姉と浮舟は父親似、自分は母親似なのだろうと中君は思ったりする。このあと事件を知った中将の君は、中君の夫の匂宮から言い寄られたとなれば二条院に置いておくわけにもいかず、再び浮舟を引き取り三条の小家に一時仮住まいさせる。事情を知らぬ薫は、三条の小家に浮舟を訪ね、折から新造なった旧八宮邸に浮舟を住まわせることにする。大君《おおいきみ》の記憶につながる場所に、大君生き写しの浮舟を置こうと思ったのである。常陸介の屋敷から二条院、二条院から三条の小家、そして宇治へと、浮舟は流されていく。宇治の旧八宮邸は、果たして浮舟の安住の地になるのであろうか。

○『和泉式部日記』長保五年

晦日の日、女、

ほととぎす世にかくれたる忍び音をいつかは聞かむ今日もすぎなば

と聞えさせたれど、人々あまたさぶらひけるほどにて、え御覧ぜさせず。つとめて、もて参りたれば見たまひて、

忍び音は苦しきものをほととぎす木高き声を今日よりは聞け

とて、二三日ありて、忍びてわたらせたまへり。

女は、ものへ参らむとて精進したるうちに、いと間遠なるもこころざしなきなめりと思へば、ことにものなども聞えで、仏にことづけたてまつりて明かしつ。つとめて、「めづらかにて明かしつる」などのたまはせて、

「いさやまだかかる道をば知らぬかなあひてもあはで明かすものとは

あさましく」とあり。さぞあさましきやうにおぼえしつらむといとほしくて、

「世とともにもの思ふ人は夜とてもうちとけて目のあふときもなし

めづらかにも思うたまへず」と聞こえつ。

○文学史への展開

和泉式部《いずみしきぶ》は、大江匡衡《おおえのまさひら》の兄とも伝えられる大江雅致《まさむね》の子。雅致の部下である和泉守《いずみのかみ》 橘 道貞《たちばなのみちさだ》と結婚。「和泉」という名前は夫の官職による。数年後、冷泉院《れいぜい》第三皇子為尊《ためたか》親王と恋愛関係になったが、親王はまもなく病没。『和泉式部日記』は「夢よりもはかなき世の中を、嘆きわびつつ明かし暮らすほどに、四月十余日にもなりぬれば、木の下くらがりもてゆく」と、為尊親王追慕の文章から始まる。為尊親王に仕えていた小舎人童《こどねりわらわ》が、弟の敦道《あつみち》親王のもとに出入りをしていたことから、和泉式部との歌のやりとりが始まった。敦道親王は四月のうちに早くも和泉式部を訪ね、ここに新しい恋が始まる。掲出したのは、その四月末から五月初旬のやりとりである。ほととぎすの忍び音を忍ぶ恋にたとえる、和歌の常套表現から始まる。数日後敦道親王が訪ねた時は、和泉式部は物詣でのために精進潔斎をしていたので、「あひてもあはで」という形で夜を過ごすことになった。『源氏物語』本文中の「宮も、逢ひても逢はぬやうなる心ばへにこそうちうそぶき口ずさびたまひしか」も一般的な表現と考えても良いが、『和泉式部日記』のこの歌と、この場面を重ね合わせることによって、浮舟が、今夜のところは無事に匂宮の手を逃れたことを強く印象づけることになろう。

十八　浮舟巻と『大和物語』

○浮舟巻　匂宮が浮舟に接近

わが御方におはしまして、あやしうもあるかな、宇治に大将の通ひたまふことは年ごろ絶えずと聞く中にも、忍びて夜とまりたまふ時もありと人の言ひしを、いとあまりなる人の形見とて、さるまじき所に旅寝したまふらむことと思ひつるは、かやうの人隠しおきたまへるなるべしと思し得ることもありて、御書のことにつけて使ひたまふ大内記なる人の、かの殿に親しきたよりあるを思し出でて、御前に召す。（中略）「右大将の宇治へいますることなほ絶えはてずや。寺をこそ、いとかしこく造りたなれ。いかでか見るべき」とのたまへば、「寺いとかしこくいかめしく造られて、不断の三昧堂などいと尊く掟てられたりとなむ聞きたまふる。通ひたまふことは、去年の秋ごろよりは、ありしよりもしばしばものしたまふなり。下の人々の忍びて申ししは、女をなむ隠し据ゑさせたまへる、けしうはあらず思す人なるべし、あのわたりに領じたまふ所々の人、皆仰せにて参り仕うまつる、宿直にさし当てなどしつつ、京よりもいと忍びて、さるべきことなど問はせたまふ、いかなる幸ひ人の、さすがに心細くてゐたまへるならむとなむ、ただこの師走のころほひ申すと聞きたまへし」と聞こゆ。いとうれしくも聞きつるかなと思ほして、「たしかにその人とは言はずや。かしこにもとよりある尼ぞとぶらひたまふと聞きし」、「尼は廊になむ住みはべるなる。この人は、今建てられたるになむ、きたなげなき女房などもあまたして、口惜しからぬけはひにてゐてはべる」と聞こゆ。「をかしきことかな。何心ありて、いかなる人をかはさて据ゑたまひつらむ。なほいと気色ありてなべての人に似ぬ御心なりや。右大臣など、この人のあまりに道心に進みて、山寺に夜さへともすればとまりたまふなる、軽々しともどきたまふと聞きしを、げになどかさしも仏の道には忍び歩くらむ、なほ、かの古里に心をとどめたると聞きし、かかることこそはありけれ。いづら、人よりはまめなるとさかしがる人しも、ことに人の思ひいたるまじき隈ある構へよ」とのたまひて、いとをかしと思いたり。（中略）

例は暮らしがたくのみ、霞める山際をながめわびたまふに、暮れ行くはわびしくのみ思し焦らるる人にひかれたてまつりて、いとはかなう暮れぬ。紛るることなくのどけき春の日に、見れども見れども飽かず、そのことぞとおぼゆる隈なく、愛敬づきなつかしくをかしげなり。さるは、かの対の御方には劣りたり、大殿の君の盛りににほひたまへるあたりにては、こよなかるべきほどの人を、たぐひなう思さるるほどなれば、また知らずをかしとのみ見たまふ。女はまた、大将殿を、いときよげに、またかかる人あらむやと見しかど、こまやかににほひ、きよらかなることはこよなくおはしけりと見る。

硯ひき寄せて、手習などしたまふ。いとをかしげに書きすさび、絵などを見所多く描きたまへれば、若き心地には、思ひも移りぬべし。「心よりほかに、え見ざらむほどは、これを見たまへよ」とて、いとをかしげなる男女もろともに添ひ臥したる絵を描きたまひて、「常にかくてあらばや」などのたまふも、涙落ちぬ。

「長き世を頼めてもなほかなしきはただ明日知らぬ命なりけり

いとかう思ふこそゆゆしけれ。心に身をもさらにえまかせず、よろづにたばからむほど、まことに死ぬべくなむおぼゆる。つらかりし御ありさまを、なかなか何に尋ね出でけむ」などのたまふ。女、濡らしたまへる筆をとりて、

心をばなげかざらまし命のみさだめなき世と思はましかば

とあるを、変らむをば恨めしう思ふべかりけりと見たまふにも、いとらうたし。

○物語の流れ

匂宮《におうのみや》は、二条院で目にした美しい女性のことが忘れられない。中君《なかのきみ》に問い詰めても教えてくれないのもしゃくである。年が明け宇治の浮舟《うきふね》から中君に便りがあった。たまたま一緒にその手紙を見た匂宮は、書き手があの女であると推測する。

さらに匂宮は、薫《かおる》が昨年秋頃から宇治に女性を住まわせているとの情報を得る。二条院から姿を消した時期と一致し匂宮の推測は一層強まる。本当にあの女性かどうか、薫がなぜそこまで執着するのか、中君とはどうして親しいのか、匂宮の心の中でこの女性の存在が大きくなっていく。自分には口うるさい舅の夕霧《ゆうぎり》が、こと薫に関してはすっかり信じ切って、仏教に傾倒して宇治の山寺に泊まるなどと言っている鼻を明かしてやれという思いもあったに違いない。

一月下旬密かに宇治を訪れた匂宮は、薫を装って室内に入り浮舟と契る。中君のいる二条院でさえも傍若無人に近づいてきた匂宮を浮舟は拒むすべがなかった。思うがままに振る舞う匂宮は翌日も居続けをはかる。薫と誤解して部屋に通した女房の右近《うこん》は、失態を隠すためにも匂宮に協力せざるを得ない。引用の後半部分は翌日の匂宮と浮舟の姿である。

このあと帰京した匂宮と入れ替わるように薫が宇治を訪れるが、浮舟は合わせる顔がない。恥じらう浮舟を大人びたと誤解した薫は、京の自邸の近くに迎えるべく新邸を造営中であることを語って帰る。二月、雪の中を再び匂宮が宇治を訪れる。今度は大胆にも対岸の小家に浮舟を連れ出す。強引な匂宮にいつしか浮舟も惹かれていったようだ。流されていく自分の運命を甘受することが身についてしまったのかもしれない。しかし、こうした行動が露見しないはずはない。事情を知った薫から詰問の手紙が届き、屋敷は厳重に警護され、訪れた匂宮もなすすべなく帰らざるを得ない。板挟みとなった浮舟は次第に死を考えるようになっていく。匂宮には「からをだにうき世の中にとどめずはいづこをはかと君もうらみむ」と最後の手紙を書き、母には「後にまたあひ見むことを思はなむこの世の夢に心まどはで」と認める浮舟であった。

○『大和物語』百四十七段、生田川伝説

むかし、津の国にすむ女ありけり。それをよばふ男ふたりなむありける。ひとりはその国にすむ男、姓はうばらになむありける。いまひとりは和泉の国の人になむありける。姓はちぬとなむいひける。かくてその男ども、としよはひ、顔かたち、人のほど、ただおなじばかりなむありける。「心ざしのまさらむにこそあはめ」と思ふに、心ざしのほど、ただお

なじやうなり。暮るればもろともに来あひ、物おこすればただおなじやうにおこす。いづれまされりというべくもあらず。女思ひわづらひぬ。（中略）

親ありて、「かく見ぐるしく年月を経て、人の嘆きをいたづらにおふもいとほし。ひとりひとりにあひなば、いまひとりが思ひは絶えなむ」といふに、女、「ここにもさ思ふに、人の心ざしのおなじやうなるになむ、思ひわづらひぬる。さらばいかがすべき」といふに、そのかみ、生田の川のつらに、女、平張をうちてゐにけり。かかれば、そのよばひ人どもを呼びにやりて、親のいふやう、「たれもみ心ざしのおなじやうなれば、このをさなき者なむ思ひわづらひにてはべる。今日いかにまれ、このことを定めてむ。あるは遠き所よりいまする人あり。あるはここながらそのいたつきかぎりなし。これもかれもいとほしきわざなり」という時に、いとかしこくよろこびあへり。「申さむと思ひたまふるやうは、この川に浮きてはべる水鳥を射たまへ。それを射あてたまへらむ人に奉らむ」といふ時に、「いとよきことなり」といひて射るほどに、ひとりは頭のかたを射つ。いまひとりは尾のかたを射つ。そのかみ、いづれといふべくもあらぬに、思ひわづらひて、

すみわびぬわが身投げてむ津の国の生田の川は名のみなりけり

とよみて、この平張は川にのぞきてしたりければ、づぶりとおち入りぬ。

○文学史への展開

『大和物語《やまとものがたり》』は『伊勢物語』と併称される歌物語で作者や成立時期は未詳である。『伊勢物語』が在原業平《ありわらのなりひら》の和歌を中心に形成されているのに対して、『大和物語』は特定の主人公はいない。後半部には説話性の強い長い物語が続く特質がある。掲出した百四十七段もその一つで、二人の男性の間で板挟みとなる女性の話は『源氏物語』の場合と類似する。浮舟巻では同じように二人の男性の間で抜き差しならぬ立場となった右近の姉の話が語られており、こうした説話の累積に追い詰められるように浮舟は死に向かってゆく。

十九　蜻蛉巻と『浜松中納言物語』

◎蜻蛉巻　浮舟失踪

かしこには、人々、おはせぬを求め騒げどかひなし。物語の姫君の人に盗まれたらむ朝のやうなれば、くはしくも言ひ続けず。京より、ありし使の帰らずなりにしかば、おぼつかなしとて、また人おこせたり。「まだ鶏の鳴くになむ、出だし立てさせたまへる」と使の言ふに、いかに聞こえむと、乳母よりはじめて、あわてまどふこと限りなし。思ひ得る方なくてただ騒ぎあへるを、かの心知れるどちなむ、いみじくものを思ひたまへりしさまを思ひ出づるに、身を投げたまへるか、とは思ひ寄りける。

泣く泣くこの文を開けたれば、「いとおぼつかなさにまどろまれはべらぬけにや、今宵は夢にだにうちとけても見えず、ものにおそはれつつ、心地も例ならずうたてはべるを、なほいと恐ろしく、ものへ渡らせたまはむことは近かなれど、そのほど、ここに迎へたてまつりてむ、今日は雨降りはべりぬべければ」などあり。昨夜の御返りをも開けて見て、右近いみじう泣く。さればよ、心細きことは聞こえたまひけり、我に、などかいささかのたまふことのなかりけむ、幼かりしほどより、つゆ心おかれたてまつることなく、塵ばかり隔てなくてならひたるに、今は限りの道にしも我をおくらかし、気色をだに見せたまはざりけるがつらきこと、と思ふに、足摺といふことをして泣くさま、若き子どものやうなり。いみじく思したる御気色は見たてまつりわたれど、かけても、かくなべてならずおどろおどろしきこと、思し寄らむものとは見えざりつる人の御心ざまを、なほいかにしつることにかとおぼつかなくいみじ。乳母は、なかなかものもおぼえで、ただ、「いかさまにせむ、いかさまにせむ」とぞ言はれける。

宮にも、いと例ならぬ気色ありし御返り、いかに思ふならむ、我をさすがにあひ思ひたるさまながら、あだなる心なりとのみ深く疑ひたれば、ほかへ行き隠れむとにやあらむ、と思し騒ぎて、御使あり。あるかぎり泣きまどふほどに来て、御文もえ奉らず。「いかなるぞ」と下衆女に問へば、「上の、今宵にはかに亡せたまひにければ、ものもおぼえたまはず。頼もしき人もおはしまさぬをりなれば、さぶらひたまふ人々は、ただ物に当たりてなむまどひたまふ」と言ふ。心も深く知らぬ男にて、くはしくも問はで参りぬ。（中略）

かの宮はた、まして二三日はものもおぼえたまはず、現し心もなきさまにて、いかなる御もののけならむなど騒ぐに、やうやう涙尽くしたまひて、思し静まるにしもぞ、ありしさまは恋しくいみじく思ひ出でられたまひける。人には、ただ御病の重きさまをのみ見せて、かくすずろなるいやめのけしき知らせじと、かしこくもて隠すと思しけれど、おのづからいとしるかりければ、「いかなることにかく思しまどひ、御命も危きまで沈みたまふらむ」と言ふ人もありければ、かの殿にも、いとよくこの御気色を聞きたまふに、さればよ、なほよその文通はしのみにはあらぬなりけり、見たまひては、かならずさ思しぬべかりし人ぞかし、ながらへましかば、ただなるよりは、わがためにをこなることも出で来なまし、と思すになむ、焦がるる胸もすこしさむる心地したまひける。

宮の御とぶらひに、日々に参りたまはぬ人なく、世の騒ぎとなれるころ、ことごとしき際ならぬ思ひに籠りゐて、参らざらむもひがみたるべしと思して参りたまふ。そのころ、式部卿宮と聞こゆるも亡せたまひにければ、御叔父の服にて薄鈍なるも、心の中にあはれに思ひよそへられて、つきづきしく見ゆ。

○物語の流れ

翌朝、宇治の屋敷では浮舟《うきふね》が行方不明になったので大騒ぎであった。物語の姫君が誰かに連れ出されたように、忽然と姿を消したのである。事情を知っている右近《うこん》たちは、浮舟が屋敷の前の宇治川に身を投げたのではないかと心配している。

母中将の君や匂宮《におうのみや》への手紙からも、浮舟が自ら死を選んだことは間違いないようである。流れの速い宇治川ならば、なきがらも上がらないであろう。結局、中将の君の到着を待って、なきがらのないまま葬儀を営んだのであった。

突然のことに匂宮も薫《かおる》も驚き悲しむのであるが、その嘆き方は対照的であった。人目もはばからずに悲しみをあらわにする匂宮と、沈み込んでこれまでのことを思い返す薫である。匂宮の方は数日泣き続けた後、悲嘆のあまりどっと病の床についた。命も危ういと周囲が心配したほどであった。その匂宮を見舞う薫の気持ちは複雑である。匂宮と浮舟の仲はいつからなのであろう、浮舟が亡くなったために決定的な破滅が回避されたのではないか、とも考える。一方匂宮は、自分のように取り乱さない薫を冷たいと思うのであった。匂宮と薫どちらの愛情が強かったのであろうか。危険を冒し、他人を謀ってまで近づいてきて、惑溺するほどの愛情を示す匂宮の方が、常に冷静に、周囲に配慮をし、無理強いをせずことを進める薫よりも、愛情が深いようでもある。浮舟が匂宮に従ってしまったのは、常陸《ひたち》から京、京から宇治と流されてきた浮舟が、匂宮の刹那的情熱に流されてしまった故であろうか。

この後、病癒えた匂宮は、浮舟を失った痛手を忘れたいために、小宰相《こさいしょう》の君《きみ》に言い寄ったりする。それに対して薫の方は、母の中将の君を弔問して、浮舟の弟たちの後見を約束し、更に四十九日の法要も盛大に営むのであった。

この巻の後半では、蜻蛉式部卿宮《かげろうしきぶきょうのみや》の遺児宮の君が今上の女一宮に出仕する話などに多くの紙幅が裂かれ、かつて薫を婿にという話もあった宮の君に匂宮が接近するなど、浮舟の不在をよそに、物語は淡々と進む。巻末では「ありと見て手には取られず見ればまた行方もしらず消えしかげろふ」と薫が詠んでいる。大君は死に、中君は匂宮の妻となり、浮舟は姿を消して、宇治の三姫はみな薫の前から去って行ったのである。

○『浜松中納言物語』巻第五

いつとても、この人のなのめに目とどめられぬ折はなきなかにも、いと心細げに見送り給へりつるおもかげ、目にかか

り心にしみて、胸うち騒ぎつつ思ひ出でられ給へば、経を読み明かし給ひて、明くるままに御文たてまつり給へるに、信濃が文にて、「あさましう、めづらかなることのはべるに、ものもおぼえはべらず。みづからなむ、くはしく聞こえさすべきこと」とあり。書きたるさま、筆のたちども知らぬやうなるに、いとあやしくおぼされて、忍びやかに清水におはしたれば、あるかぎりの人泣きおぼれて、あさましげなるけしきにて、「帰らせ給ひてのちに、やがてながめ入らせ給ひて、『心地の例よりもあやしうおぼゆる』と仰せられしかば、御心地のおこらせ給ふるにやと思ひ給へて、加持まゐらせなどしはべりしに、いたう苦しげなる御けしきにははべらで、からうじてやすませ給ふやうに見えはべりしかば、たれもうちまどろみ過ごして、あかつきにおどろきてはべれば、おはしまさずはべり。すべて、いかにも思ひやるかたさぶらはず」と言ふをうち聞くに、あさましくいみじけれども、わが心と逃げ隠れ給へるにはよもあらじ、ほのかにこの人のありさまを見聞きたらむ人の、取り隠したらむかし。（中略）昨日のおもかげ、われをめづらしとおぼしたりけしき、心をしづめ、涙をとどめむかたなし。

○文学史への展開

「物語の姫君の人に盗まれたらむ」とあるように、女主人公が行方不明になる物語は数多くあるが、『源氏物語』の注釈書の『弄花抄《ろうかしょう》』『細流抄《さいりゅうしょう》』が指摘するのは『浜松中納言《はままつちゅうなごん》物語』である。この物語はいわゆる後期物語の一つで、作者は菅原孝標女《すがわらのたかすえのむすめ》ではないかと推測されている。もちろん成立順から考えて『源氏物語』が記す「物語」ではありえない。『浜松中納言物語』の方が、『源氏物語』の影響下にあるものである。ただ、『浜松中納言物語』における姿を隠した吉野の姫君をめぐっての、式部卿宮《しきぶきょうのみや》と浜松中納言との関係は、『源氏物語』の浮舟と薫と匂宮との三人の関係に相似しており、巧みに『源氏物語』の設定を活かしたものであると言えよう。鎌倉時代の物語評論の書である『無名草子《むみょうそうし》』は「なほ、寝《ね》覚《ざめ》、狭衣《さごろも》、浜松ばかりなるこそ、え見はべらね」と、後期物語の中ではこの三作品が優れているとする。

二十　手習巻と『枕草子』

◎手習巻　浮舟の平穏な日々

そのころ横川に、なにがし僧都とかいひて、いと尊き人住みけり。八十あまりの母、五十ばかりの妹ありけり。古き願ありて、初瀬に詣でたりけり。睦ましうやむごとなく思ふ弟子の阿闍梨を添へて、仏、経供養ずること行ひけり。事ども多くして帰る道に、奈良坂といふ山越えけるほどより、この母の尼君心地あしうしければ、かくては、いかでか残りの道をもおはし着かむともて騒ぎて、宇治のわたりに知りたりける人の家ありけるにとどめて、今日ばかり休めたてまつるに、なほいたうわづらへば、横川に消息したり。山籠りの本意深く、今年は出でじと思ひけれど、限りのさまなる親の道の空にて亡くやならむと驚きて、急ぎものしたまへり。（中略）森かと見ゆる木の下を、うとましげのわたりやと見入れたるに、白き物のひろごりたるぞ見ゆる。「かれは何ぞ」と、立ちとまりて、火を明くなして見れば、もののゐたる姿なり。「狐の変化したる、憎し、見あらはさむ」とて、一人はいますこし歩み寄る。いま一人は、「あな用な。よからぬ物ならむ」と言ひて、さやうの物退くべき印を作りつつ、さすがになほまもる。頭の髪あらば太りぬべき心地するに、この火ともしたる大徳、憚りもなく、奥なきさまにて近く寄りてそのさまを見れば、髪は長く艶々として、大きなる木の根のいと荒々しきに寄りゐて、いみじう泣く。「めづらしきことにもはべるかな。僧都の御坊に御覧ぜさせたてまつらばや」と言へば、「げにあやしきことなり」とて、一人は参でて、かかることなむと申す。「狐の人に変化するとは昔より聞けど、まだ見ぬものなり」とて、わざと下りておはす。（中略）

この主もあてなる人なりけり。むすめの尼君は、上達部の北の方にてありけるが、その人亡くなりたまひて後、むすめただ一人をいみじくかしづきて、よき君達を婿にして思ひあつかひけるを、そのむすめの亡くなりにければ、心憂し、いみじと思ひ入りて、かたちをも変へ、かかる山里には住みはじめたるなりけり。世とともに恋ひわたる人の形見にも、思ひよそへつべからむ人をだに見出でてしがなと、つれづれも心細きままに思ひ嘆きけるを、かくおぼえぬ人の、容貌けはひもまさりざまなるを得たれば、現のこととおぼえず、あやしき心地しながらうれしと思ふ。ねびにたれど、いときよげによしありて、ありさまもあてはかなり。

昔の山里よりは水の音もなごやかなり。造りざまゆゑある所の、木立おもしろく、前栽などもをかしく、ゆゑを尽くしたり。秋になりゆけば、空のけしきもあはれなるを、門田の稲刈るとて、所につけたるものまねびしつつ、若き女どもは歌うたひ興じあへり。引板ひき鳴らす音もをかし。見し東路のことなども思ひ出でられて、かの夕霧の御息所のおはせし山里よりはいますこし入りて、山に片かけたる家なれば、松蔭しげく、風の音もいと心細きに、つれづれに行ひをのみしつつ、いつともなくしめやかなり。尼君ぞ、月など明き夜は、琴など弾きたまふ。少将の尼君などいふ人は、琵琶弾きなどしつつ遊ぶ。「かかるわざはしたまふや。つれづれなるに」など言ふ。昔もあやしかりける身にて、心のどかにさやうのことすべきほどもなかりしかば、いささかをかしきさまならずも生ひ出でにけるかなと、かくさだすぎにける人の心をやるめるをりをりにつけては思ひ出づ。なほあさましくものはかなかりけると、我ながら口惜しければ、手習に、

身を投げし涙の川のはやき瀬をしがらみかけて誰かとどめし

思ひの外に心憂ければ、行く末もうしろめたく、うとましきまで思ひやらる。

○物語の流れ

意外なことに、浮舟《うきふね》は生きていた。発見したのは横川僧都《よかわのそうず》である。僧都の母尼と妹尼が初瀬《はつせ》詣での帰途、母尼が発病したので、僧都は叡山から下山、二人の逗留する宇治に向かったのである。母たちと合流した後、方違えの必要もあって、

故朱雀院《すざくいん》の所領である宇治院に宿る。するとその敷地内の大木の根元ではげしく泣いている女がいた。下﨟の僧は狐が化けたか魔性のものであろうかと、僧都に伝える。

このあと、僧都は、魔性のものではない、人間であると喝破する。更に、遺棄された死人が蘇生したのではないか、いづれ死ぬだろうから穢れに触れぬように域外に運び出すべき、などともいう僧を制して、「人の命久しかるまじきものなれど、残りの命一二日をも惜しまずはあるべからず…仏のかならず救ひたまふべき際なり」と、薬湯などを与えるように言う。僧都の言葉によってこの女、すなわち浮舟は一命を取り留めたのである。おそらくは、宇治川に身を投げようと、八宮《はちのみや》邸を出たままさまよい歩いている内に、宇治院に迷い込み、そこで気を失って倒れていたものと思われる。宇治院の人々は留守であったため、横川僧都たちが来るまで、発見されなかったのである。

人事不省の女がいるという話を聞いた妹尼が思い当たる夢があると引き取り、懸命に介抱する。妹尼には娘がいたのだが、親に先立って亡くなっており、その生まれ変わりと考えたのである。初瀬の観音様のご加護とばかり、つきっきりで看護するが、意識を回復することはない。そのまま、母尼と妹尼の住む小野の里まで連れて行く。そこでも更に看護が続き、最終的には横川僧都の加持により物の怪が退散して正気を取り戻すことになる。物の怪は「この人は、心と世を恨みたまひて、我いかで死なむといふことを夜昼のたまひしに頼りを得て、いと暗き夜、独りものしたまひし」に取り憑いたのだが、観音と僧都に負けたのだと言う。

意識を回復した浮舟が、小野の里で病を養い、自己を見つめるのが後半の部分である。郊外の静かな住まいは、匂宮と薫の間をさまよった浮舟の心をいくらかは慰めたであろう。場所は、「かの夕霧の御息所のおはせし山里よりはいますこし入りて」とあり、寂しい山里である。稲刈りの風景などに昔の常陸《ひたち》の生活を思い出すときもあった。それでも、死なれなかったことを「思ひの外に心憂ければ」と考えている浮舟は、このあと僧都に頼んで出家をするのである。

○『枕草子』九十五段、五月の御精進のほど

五月の御精進のほど、職におはしますころ、塗籠の前の、二間なる所を、ことにしつらひたれば、例様ならぬもをかし。

ついたちより雨がちに曇り過ぐす。

つれづれなるを、「郭公の声たづねに行かばや」と言ふを、われもわれもと出で立つ。賀茂の奥に、なにさきとかや、七夕のわたる橋にはあらで、にくき名ぞ聞えし、「そのわたりになむ、郭公鳴く」と人の言へば、（中略）五月雨はとがめなきものぞとて、さしよせて、四人ばかり乗りて行く。（中略）

かくいふ所は明順の朝臣の家なりける。「そこもいざ見む」と言ひて、車寄せて下りぬ。田舎だち、事そぎて、馬の形かきたる障子、網代屏風、三稜草の簾など、ことさらに昔の事をうつしたり。屋のさまもはかなだち、廊めきて端近に、あさはかなれどをかしきに、げにぞかしがましと思ふばかりに鳴き合ひたる郭公の声を、くちをしう、御前に聞しめさせず、さばかりしたひつる人々をと思ふ。「所につけては、かかる事をなむ見るべき」とて、稲といふものを取り出でて、若き下衆どもの、きたなげならぬ、そのわたりの家のむすめなどひきもて来て、五、六人してこかせ、また見も知らぬくるべく物、二人して引かせて、歌うたはせなどするを、めづらしくて笑ふ。

○文学史への展開

『枕草子《まくらのそうし》』三巻本《さんかんぼん》、第九十五段「五月の御精進のほど」の段から、高階明順朝臣《たかしなのあきのぶあそん》の家の近くの田舎の風景を引用した。「賀茂の奥に、なにさきとか」が松ヶ崎だとすれば、大雑把に言えば、洛中から小野の方角を目指すことになる。浮舟巻《うきふね》は秋であるから稲刈りの風景であるが、『枕草子』は五月であるから前年に刈り取った稲を取り出して、稲こきの様子を清少納言《せいしょうなごん》たちに見せたのである。手習巻《てならい》と同様に、清少納言や紫式部にとって新鮮な田舎の風景を活写したものである。同じ三巻本でも活字本によって段の切り方や段数が異なるが、ここでは『新編日本古典文学全集』の段数を示した。

◎夢浮橋巻　浮舟の拒絶・薫の未練

尼君、御文ひき解きて見せたてまつる。ありしながらの御手にて、紙の香など、例の、世づかぬまでしみたり。ほのかに見て、例の、ものめでのさし過ぎ人、いとありがたくをかしと思ふべし。「さらに聞こえむ方なく、さまざまに罪重き御心をば、僧都に思ひゆるしきこえて、今はいかで、あさましかりし世の夢語りをだにと急がるる心の、我ながらもどかしきになむ。まして、人目はいかに」と、書きもやりたまはず。

「法の師とたづぬる道をしるべにて思はぬ山にふみまどふかな

この人は、見や忘れたまひぬらむ。ここには、行く方なき御形見に見るものにてなむ」などいとこまやかなり。かくつぶつぶと書きたまへるさまの、紛らはさむ方なきに、さりとて、その人にもあらぬさまを、思ひのほかに見つけられきこえたらむほどの、はしたなさなどを思ひ乱れて、いとどはればれしからぬ心は、言ひやるべき方もなし。

さすがにうち泣きてひれ臥したまへれば、いと世づかぬ御ありさまかなと見わづらひぬ。「いかが聞こえむ」など責められて、「心地のかき乱るやうにしはべるほど、ためらひて、いま聞こえむ。昔のこと思ひ出づれど、さらにおぼゆることもなく、あやしう、いかなりける夢にかとのみ、心も得ずなむ。すこし静まりてや、この御文なども見知らるることもあらむ。今日は、なほ、持て参りたまひね。所違へにもあらむに、いとかたはらいたかるべし」とて、ひろげながら、尼君にさしやりたまへれば、「いと見苦しき御事かな。あまりけしからぬは、見たてまつる人も、罪避りどころなかるべし」など言ひ騒ぐも、うたて聞きにくくおぼゆれば、顔も引き入れて臥したまへり。

主人ぞこの君に物語すこし聞こえて、「もののけにやおはすらむ、例のさまに見えたまふをりなく、なやみわたりたまひて、御容貌も異になりたまへるを、尋ねきこえたまふ人あらばいとわづらはしかるべきことと、見たてまつり嘆きはべりしもしるく、かくいとあはれに心苦しき御事どものはべりけるを、今なむいとかたじけなく思ひはべる。日ごろも、うちはへなやませたまふめるを、いとどかかることどもに思し乱るるにや、常よりものおぼえさせたまはぬさまにてなむ」と聞こゆ。

所につけてをかしき饗応などしたれど、幼き心地は、そこはかとなくあわてたる心地して、「わざと奉れさせたまへるしるしに、何ごとをかは聞こえさせむとすらむ。ただ一言をのたまはせよかし」など言へば、「げに」など言ひて、かくなむと移し語れども、ものものたまはねば、かひなくて、「ただ、かく、おぼつかなき御ありさまを聞こえさせたまふべきなめり。雲の遥かに隔たらぬほどにもはべるめるを、山風吹くとも、またも、かならず立ち寄らせたまひなむかし」と言へば、すずろにゐ暮らさむもあやしかるべければ、帰りなむとす。人知れずゆかしき御ありさまをもえ見ずなりぬるを、おぼつかなく口惜しくて、心ゆかずながら参りぬ。

いつしかと待ちおはするに、かくたどたどしくて帰り来たれば、すさまじく、なかなかなりと思すことさまざまにて、人の隠しすゑたるにやあらむと、わが御心の思ひ寄らぬ隈なく、落としおきたまへりしならひに、とぞ本にはべめる。

○物語の流れ

出家した浮舟は心の重荷を下ろしたようで勤行に努めている。新しい年が来た。小野の地で仏道三昧の日を送る浮舟のもとに、思いがけずに薫《かおる》の動静が伝わってくる。先日も宇治を訪れ、川をのぞき込んで、「見し人は影もとまらぬ水の上に落ちそふ涙いとどせきあへず」と詠み、泣きくれていたという。浮舟は薫が自分のことを忘れていないことを知り、また母を悲しませたことなどをあらためてつらく思うのであった。

一周忌も終わり、約束通り浮舟の弟たちを引き立て、そのうちの一人の少年（小君《こきみ》）を身近に召し使っている薫のところに、思いがけぬ知らせがもたらされる。浮舟は生きていて、横川僧都《よかわのそうず》の手で出家をしたというのである。

『源氏物語』全五十四巻の大尾である夢浮橋《ゆめのうきはし》巻は、浮舟生存の噂を確認するために薫が僧都を横川に尋ねる場面から始まる。信仰心の厚い薫は、毎月八日の薬師供養を欠かさないが、今回は根本中堂《こんぽんちゅうどう》から横川まで足を運んだのである。薫と対面した僧都は、浮舟発見から、妹尼の手厚い看護、本人の強い希望で出家したことまでを細かに語る。薫は浮舟との面会を僧都に依頼するが、浮舟の仏道の妨げとなることを危惧した僧都は肯んじ得ない。薫は、同道していた小君に、僧都からの手紙と自身の手紙を託して下山する。浮舟のいる小野は、叡山から洛中への帰途にあった。大納言兼右大将、女二宮の婿である高貴な薫が近くを通るという話で小野の人々はもちきりであるが、浮舟は「今は何にすべきことぞと心憂ければ、阿弥陀仏に思ひ紛らはして、いとどものも言はで」いたという。

やがて手紙を携えた小君が浮舟を訪ねてきて対面するのが上掲の場面である。長きにわたった『源氏物語』の最後の場面でもある。浮舟は弟に会おうともしない。心を込めた薫の手紙にも心を動かされない。小君はむなしく帰京する。薫は、自分が宇治に浮舟を置いていたように、誰かが浮舟を隠し住まわせているのであろうかと疑う、というところで物語は終わっている。

薫は浮舟を諦めるのか、浮舟は出家生活を全うするのか、匂宮《におうのみや》が再度接近することはないのか、読者は気をもむであろう。しかしこれが『源氏物語』の末尾である。幻《まぼろし》巻が桐壺《きりつぼ》巻と見事に照応しているのとは全く異なっている。明確な切れ目がない終わりかたこそ、現実の世界であるとでも言おうとしているのであろうか。

○『長恨歌』の大尾

情を含み　睇を凝らして　君王に謝す

一別　音容は両つながら渺茫
昭陽殿裏　恩愛絶え
蓬莱宮中　日月長し
頭を迴らして　下のかた人寰を望む処
長安を見ず　塵霧を見る
唯だ旧物を将て　深情を表さむと
鈿合　金釵　寄せ将て去らしむ
釵は一股を留め　合は一扇を
釵は黄金を擘き　合は鈿を分かつ
但だ心をして　金鈿の堅きに似しむれば
天上　人間　必ず相見む
別れに臨んで　殷勤に　重ねて詞を寄す
詞の中に誓ひ有り　両心のみ知る
七月七日　長生殿
夜半人無く　私語の時
天に在りては　願はくは比翼の鳥と作り
地に在りては　願はくは連理の枝と為らむ
天長地久　時有りて尽きむも

此の恨み　綿綿として　尽くる期無し

○**文学史への展開**

平安時代に最も愛唱された白居易《はっきょい》の『長恨歌《ちょうごんか》』は、『源氏物語』の各所に引用されている。『源氏物語』の冒頭の桐壺巻では、桐壺更衣の死と桐壺帝の悲しみが、『長恨歌』と重奏するように描かれていた。その二人の子としてこの世に生を受けた光源氏が、やはり最愛の紫の上を失って悲しむ巻の名前が、『長恨歌』の幻術士に由来する幻巻であり、見事に照応していることは上述した。ここでは、『源氏物語』の大尾夢浮橋巻に合わせて、長編詩『長恨歌』の末尾を掲出した。文中の小君の言葉、「わざと奉れさせたまへるしるしに、何ごとをかは聞こえさせむとすらむ」もまた、『長恨歌』を踏まえていることは言うまでもない。それでも、桐壺巻と幻巻の照応と比べると、その響き方は極めてかすかである。これもまた作者らしい、起承転結を超えた、新しい結末の付け方の一つなのであろうか。

（参考資料）『国文学古典研究Ⅲ　―源氏物語と平安時代文学―』内容一覧

■著者紹介

田坂憲二（たさか　けんじ）

略　　歴：1952年生まれ。九州大学文学部卒業、同大学院修了。博士（文学）。福岡女子大学・群馬県立女子大学・慶應義塾大学教授を歴任。2018年定年退職。

主要著書：『源氏物語論考―古筆・古注・表記―』（和泉書院、2018年）、『源氏物語の政治と人間』（慶応義塾大学出版会、2017年）、『名書旧蹟』（日本古書通信社、2015年）、『源氏物語享受史論考』（風間書房、2009年）、『大学図書館の挑戦』（和泉書院、2006年）他。

いずみブックレット8

源氏物語と平安時代文学

第二部・第三部編

二〇二一年一月三〇日　初版第一刷発行

著　者　田　坂　憲　二

発行者　廣　橋　研　三

発行所　和　泉　書　院

〒543-0037　大阪市天王寺区上之宮町七―六

電話　〇六―六七七一―一四六七

振替　〇〇九七〇―八―一五〇四三

印刷・製本　亜細亜印刷

ISBN978-4-7576-0981-5 C0395

首書源氏物語　澪標　田坂憲二編　品切

源氏物語論考　古筆・古注・表記　田坂憲二著　九〇〇〇円

源氏物語の人物と構想　田坂憲二著　品切

藤原義孝集　本文・索引と研究　田坂憲二・田坂順子編著　四八〇〇円

大学図書館の挑戦　田坂憲二著　二五〇〇円

文学全集の黄金時代　河出書房の一九六〇年代　田坂憲二著　一五〇〇円

（定価は表示価格＋税）